DANS L'ENVERS DU TEMPS

Hélène LE BIHAN - SCIBERRAS

FSC
www.fsc.org
MIXTE
Papier issu de sources responsables
Paper from responsible sources
FSC® C105338

Editeur : BoD – Books on Demand,
12/14 rond-point des Champs Elysées, 75008 Paris
Impression : Books on Demand, Allemagne

ISBN : 9782322115303
Dépôt Légal : novembre 2016

PRÉFACE

« N'ouvre la bouche que lorsque tu es sur que ce que tu vas dire (ou écrire) est plus beau que le silence »
Sage maxime

Alors, range ton stylo, sois conséquente avec toi-même, car tu n'es sûre de rien.
Et, pourtant, je vais écrire. Pourquoi ?

J'ai inventé Tom et Jaquette, deux chats jumeaux, frère et sœur. Ils sont devenus mes alter ego. Ils sont devenus ma part de rêve.

Lorsque nous nous promenons le matin devant les fenêtres ouvertes des petits de la « maternelle », les jeux, les contes et les chansons me rassurent et me redonnent confiance.
Peut-être que, face aux périls nouveaux qui se sont soudain levés aux quatre coins de la planète, une UTOPIE est encore possible pour ré-enchanter le monde…

Hélène

CONTES
DES
1000 ET 1
JOURS

ou

La République des chats I

CONTE DU PREMIER JOUR

Pauvre main
Couleur de raisin
Couleur de chagrin
Tu étais ivoire
Fragile parchemin
Une feuille d'érable
S'est posée sur toi
Pourpre oranger
Rehaussé de brun
Automne flamboyant
D'un été forclos
        Temps de la vendange
                D'un nouveau stigmate
                Couleur de raisin
                Posé sur ta peau
                En timbre délicat
Mon bras est une palette
        Piqué d'aiguilles vampire
        Qui ne sont pas de pin
Qui tient le pinceau ?
        Y a-t-il un dessin
                Gravé dans le marbre ?

                Un dessein à déchiffrer ?

Val de Grâce 13-11-09

CONTE DU DEUXIÈME JOUR

Deux chatons s'aimaient d'amour tendre.

Ils étaient jumeaux, frère et sœur. Ils étaient nés d'une mère robuste et d'un père improbable.

Ils s'appelaient TOM et JACQUETTE
Ils vivaient insouciants et libres au beau domaine de « Chante-Loiseau »

Comme tous les chiots, tous les souriceaux, tous les louveteaux, tous les enfants du monde, ils se chamaillaient sans cesse, mais ne pouvaient se quitter.

Ils jouaient au corps à corps, s'élançant l'un contre l'autre, mesurant leurs muscles et leurs coups de pattes, retombant calmés, formant une seule boule de fourrure. Une grosse pelote de ficelle lieuse blanche et poilue, étirée en tous sens, bourrée de nœuds, était leur jouet favori.

Ils dormaient encore beaucoup. Dans la paille. Et rêvaient déjà. L'un ou l'autre assurait avoir rencontré une souris et lui avoir fait son affaire.

Mais « CLOCHARD », le chien de la ferme, champion régional au concours de la chasse aux rats, avait exterminé ces balourdes bestioles ; et, cerises sur le gâteau, toutes les souris. Sa photo, en médaillé, trônait sur le téléviseur du salon, ce que Tom jugeait déplacé.

CONTE DU TROISIÈME JOUR

Les jumeaux grandissaient en âge si ce n'est toujours en sagesse. Ils étaient presque ados.

Tom était fort et sortait déjà de bonnes griffes quand il était de sale poil.

Jacquette était parfois impertinente ; il lui arrivait de tirer la langue dans le dos de Mariette, quand la fermière la rabrouait.

Ils aimaient beaucoup grimper dans les arbres où ils faisaient des concours d'acrobatie.

Jacquette était très agile. Un jour elle rata son double saut et tomba lourdement. Tom se moqua d'elle ; humiliée et très en colère, elle lui cria :

« Espèce de Raminagrobis tête de chien !!» L'injure suprême !

Tom la remit sur pied, et la gifle passa de justesse.

« Ne répète jamais ça, » gronda-t-il

CONTE DU QUATRIÈME JOUR

Chacun partit de son bord. Jacquette rencontra Sainte Odile qui sortait du poulailler. C'était la reine de la basse-cour, toute blanche, avec un pennon brun sur chaque aile, elle avançait en majesté.

Rien n'apaisait plus Jacquette, surtout après une crise, que de mettre ses pas dans les pas de la poulette ; elle retrouvait son souffle au rythme lent et balancé de sainte Odile. Celle-ci n'était pas dupe et elle lui lançait de temps en temps un clin d'œil complice. C'est bon d'avoir une amie, pensait Jacquette, même si c'est une volaille !

La poule avait perdu trois poussins autrefois. Écrasés. Ils n'avaient pas souffert ; mais elle oui. Elle s'était mise à l'écart, la tête sous l'aile.

Sa dignité fut si exemplaire qu'on la baptisa et la canonisa le jour même. On alla quérir un calendrier : c'était la Sainte Odile ; On trinqua, on croqua des langues de chat.

Des langues de chat ! sursauta Tom tout ébouriffé ! « Quelle provocation ! Ils ne pouvaient pas servir des boudoirs ou des cigarettes russes comme tout le monde ? »

« Mais c'est peut-être un honneur au contraire » suggéra Jacquette.

L'incident fut clos.

CONTE DU CINQUIÈME JOUR

Une nuit, un bruit insolite réveilla Tom ; un hoquet, un reniflement, un gémissement. Que se passait-il ?

Jacquette pleurait, elle murmurait « Papa » !

Tom s'approcha « As-tu fait un rêve ? »

« Non, dit-elle. Je n'ai pas de papa » et ses sanglots redoublaient.

Mais si, dit-il, tu as un père, comme tous les enfants, comme tous les chatons du monde.

Mais je ne le connais pas. Où est-il ? J'ai besoin de lui.

Tom était embarrassé. Il ne savait que dire.

Jacquette reniflait toujours. Il reprit :

-Tu sais, nous les félins, nous sommes plutôt des nomades, des aventuriers

Est-ce que tu crois qu'on peut aimer quelqu'un de loin ? Même sans le connaître ?

Chez les chats tout est possible. Nous sommes une race supérieure.

Isidore, le mari de Sainte Odile, vit avec sa famille, lui

- Je le trouve un peu prétentieux, il fait le beau, il se pavane, fier de sa crête. Mais c'est Sainte Odile qui nourrit les petits. Il se prend pour un ténor quand il sonne le réveil chaque matin. Pour cela, oui, il est utile. Il est le symbole de Chante-Loiseau.

Jacquette reprit :

Alors, tu penses que j'ai, quelque part, un papa qui m'aime et que je peux aimer ?

Tom la prit dans ses bras et la serra contre lui.

Et il se mit à fredonner :

« as-tu compté les étoiles
qui scintillent dans les cieux
enchantant la nuit sans voile
de sourires mystérieux «

Il la déposa doucement et murmura :
« Dors ma Jacquotte, je suis là »

CONTE DU SIXIÈME JOUR

Dis, Tom, que feras-tu plus tard ?
Il termina sa toilette et vint près de sa sœur

D'abord, je veux devenir fort, très fort

tu as un projet ?

je pourrais être vigile – on prend toujours des clébards ; nous aussi nous avons à faire nos preuves

pourquoi vigile ?

quand je vois le monde tel qu'il va, j'ai envie de cogner, de casser la gueule à quelqu'un

à qui ?

oh ça ne manque pas. Staline par exemple, Pol Pot, le plus grand salaud de tous les temps

mais ils sont morts !

je sais. Je les ressusciterai pour qu'ils meurent de nouveau. Une seule mort ne suffit pas pour expier leurs crimes.

Mais il y a quand même des vivants

J'y songe aussi, tu penses, mais c'est plus compliqué : dans tous les États il y a un « ignoble » caché dans un recoin : bonne apparence, bien vu, mais nourrissant de noirs desseins

Tu veux dire quoi ?

Des lois scélérates par exemple

Qu'est ce ça veut dire, scélérate ?

Ça signifie « criminelle ».

Jacquette frémit

Suivit un long silence

Mais enfin, Tom, il y a aussi des gens bien sur la terre, Marius par exemple

Il y a même parfois des héros ; mais peu ; la majorité est indifférente. IL FAUT RÉVEILLER LE CŒUR

Pourquoi y a-t-il des gens mauvais ?

Je pense qu'ils ont oublié leur enfance

Elle n'est pas toujours un paradis ; il y a des enfants battus, abandonnés

C'est vrai. Mais chaque chaton, chaque enfant naît avec une étoile, qui est sa boussole. Malheureusement beaucoup la perdent en chemin.

CONTE DU SEPTIÈME JOUR

J'ai entendu Marius raconter une histoire « vraie de vraie »

La voici :

Un gamin de huit ans fou de foot s'était juré qu'un jour il verrait un immense champion sur la pelouse du Parc des Princes. Quarante années plus tard arriva la Coupe du Monde. Le stade fut pris d'assaut, impossible d'avoir un billet. Une semaine avant, un homme très influent lui en offrit un. Il devint fou de bonheur. Sais-tu ce qu'il fit ?

Non, dit Jacquotte. Il le perdit ?

Cela ne risquait pas ; Durant sept nuits, il dormit avec son billet dans son lit ; il vérifiait chaque soir qu'il était bien là, sous l'oreiller, c'était son trésor ; comme la Jaguar Dinky Toys cachée sous sa couverture avant de s'endormir, quand il avait huit ans.

Cet homme est devenu un grand médecin.

CONTE DU HUITIÈME JOUR

Jacquette était tracassée. Elle avait dit à Tom :
Pourquoi y a-t-il des gens mauvais ? Elle-même était-elle toujours sans reproche ? Un souvenir lui revint.
- Tom, j'ai quelque chose à te dire : je pense que j'ai commis un péché.
Il la dévisagea : « Un seul ? Mais le juste pêche sept fois par jour, disent les Ecritures.
- Ne te moque pas
- Je te prends au sérieux. Veux-tu te confesser ? Je t'écoute
- Voilà ; il y a quelque temps j'ai trouvé une lettre là-haut, coincée dans une poutre. Je l'ai ouverte et je l'ai lue.
- Il y avait quoi dans cette lettre ?
- Oh, je le sais par cœur, ça ne s'oublie pas :

« m'endormir à nouveau dans tes bras
quitter le désert que plisse le vent sec
l'aveuglante lumière qui éblouit, qui égare
marcher à contre-jour et dans l'envers du temps
avancer pas à pas dans les pas du silence
et soudain pressentir la clairière
mélodies et parfums emmêlés
descendre vers l'oasis, le chant de la rivière
et les pommes d'amour qui murmurent tout bas »
Signé V.
PS : rv mardi 17 heures, au pré de la tour.
Sur l'enveloppe : Ludo

C'est la fille de la maison. On ne la voit presque plus.
J'ai remis la lettre à sa place. Mais elle était abîmée.
- As-tu aimé ce texte ? demanda Tom

- C'est un message, c'est un poème. Et moi, sans pudeur, j'ai plongé dans les secrets les plus intimes d'un couple que je ne connaissais pas.
- Voyons, dit Tom : je classe le corps du délit parmi les péchés véniels. Pas d'intention de nuire, mais plein consentement. Regrets et réparation.
- Tu es pardonnée, Jacquette. Va en paix.
- Oh merci Tom ! Je vais te tricoter une écharpe pour l'hiver.

CONTE DU NEUVIÈME JOUR

Jacquette terminait sa toilette intime. Elle partit à la recherche de son frère.

- Tom , quand tu ne seras pas vigile, tu feras quoi ?
- Je serai philosophe.
- Mais ce n'est pas un métier
- Non, c'est une vocation.
- Socrate est mon Maître. Il se mit à arpenter la grange à grands pas, la queue en panache.
- Dieu existe-t-il ? Les tortues ont-elles une âme ? Quels sont ceux qui vont en enfer ?
- Tu lèves la patte, as-tu une question ?
- Oui, dit Jacquette : « Peut-on voler l'argent des riches pour le donner aux pauvres ?
- On peut, mais on va en prison.
- Poursuivons :

Place et rôle des chats dans la société. Nous sommes très sous-évalués. Voir les Chefs d'Etat et leurs molosses : des snobs, des courtisans, des faux culs !

- Tu te sens déjà à l'Élysée, dit Jacquette
- Pourquoi pas ? Pas « au pied de son Maître » mais sur son bureau. D'égal à égal. Le Président est trop impulsif et il veut tout faire ; forcément il dérape. Mon regard lui donnerait du recul ; Et je lui infuserais notre légendaire esprit de finesse. En résumé, je serais son Conseiller de l'Intuition.
- Et il pourrait virer « L'IGNOBLE »
- T'as tout compris

CONTE DU DIXIÈME JOUR

Peut-être…

Mais Jacquette se sentait dépassée. A la fois fascinée et inquiète

- Mais, enfin, Tom, philosopher ne te rapportera pas beaucoup d'argent.

- C'est sûr, Et il en faut. Non pas que l'argent ait une importance en soi. Ce qui compte, c'est l'usage qu'on en fait.

- En attendant, nous cultiverons notre jardin… Tom vint s'asseoir auprès d'elle.

- Et si on parlait de toi Jacquette ? As tu un projet pour ton avenir ?

- C'est encore loin, mais j'y pense parfois. Être une chatte danseuse, un rêve ! Danseuse étoile dans un corps de ballet !

Mais, vois-tu, je ne suis pas douée pour cela. Je pourrais être une fée. Ou une marchande de bonbons pour chat ; c'est un peu la même chose d'ailleurs ; j'inventerais des recettes de berlingots, de caramels, de pâtes de fruits, de calissons. Je deviendrais célèbre. Peut-être riche ! ma robe sera féerique.

Je pourrai appeler ma boutique :

« LA CHATTERIE » ou « LA CHATTRIE »

CONTE DU ONZIÈME JOUR

Jacquette achevait sa sieste, le cerveau encore tout embrumé de rêves

- Tom, avons nous déjà vu la mer ?
- Oh il y a longtemps. C'était l'été en Bretagne. Nous étions tous les cinq, avec Maman dans un enclos de jardin ; nous avions à peine 2 mois, nous étions le divertissement des 3 matous voisins. C'était très gai, maman était heureuse.

Deux garçons anglais qui fabriquaient notre abri disaient et répétaient entre deux coups de marteau : « Yes, we can, yes, we can ».

- Tu sais, dans mon rêve, je respirais les odeurs de la mer, et j'entendais le bruit des vagues.

CONTE DU DOUZIÈME JOUR

- Il y avait aussi un château. Tom, je suis peut-être née dans un château.
- Stop ! Là tu divagues. Nous sommes tous nés à Chante-Loiseau.
Mais Jacquette ne l'écoutait plus.
- Mon Papa est sans doute dans le château, je suis une princesse et il va me reconnaître ; il y a sûrement un signe entre sa fourrure et la mienne.
- Écoute, Jacquette, dit Tom d'une voix douce, calme toi. Sais-tu que tu possèdes un signe distinctif réel et très rare ? Tu as un œil bleu et un œil vert ; c'est un héritage de notre chère Tante Jeanne.
- Je me souviens : elle était très gentille.
- C'était surtout une forte personnalité, estimée et respectée de tous. Cette particularité te donne un charme incomparable.
- Mais il me faudrait une glace pour me voir !
- Moi je vois, dit Tom, et je ne suis pas le seul. Les voisins rôdent autour de toi et deviennent des rivaux ; j'ai même assisté à une échauffourée, un vrai pugilat
- C'est quoi ?
- Une bagarre, si tu préfères.
- Oh Tom, parle plus simplement.
- Non, Mariette tient à ce que nous soyons des chats éduqués, parlant en bon français et avec du vocabulaire. Elle a raison
Mais revenons à tes yeux qui te donnent un regard si troublant : il ne faut pas que tu prennes la grosse tête ; et pire, que tu pètes plus haut que ton derrière !
- Oh Tom, ne sois pas vulgaire.
- Les proverbes populaires font partie de la culture, conclut Tom.

CONTE DU TREIZIÈME JOUR

Jacquette était abasourdie par tout ce qu'elle venait d'apprendre. Elle sentit le besoin d'être seule.
Qui était elle au juste ? Une chatte de quatre ans. Elle séduisait et ne le savait pas ; elle paraissait, c'est tout, et le charme opérait.

Mariette chantait parfois « parlez moi d'amour ».

C'est quoi l'amour ? se demandait-elle ? Moi, je n'ai pas de mots pour le dire. et si je devenais maman, alors que je n'ai pas encore fini d'être une orpheline ! Cette pensée l'effraya.

Elle partit à la recherche de Tom. Tom son frère jumeau qui la protégeait. Mais sûr de lui et dominateur.
Et soudain elle sentit qu'une force inconnue naissait au tréfonds d'elle-même et l'envahissait

CONTE DU QUATORZIÈME JOUR

C'était le mitan de la nuit. Tom et Jacquette rentraient de maraude. Ils avaient taquiné un mulot, rencontré des lapins et fait causette.

- Je me sens proche des lapins, dit Jacquette, ils sont sensibles, gentils.

- Plus que gentils, naïfs, dit Tom, donc pas très intelligents. Et puis, on en fait de la chair à civet.

Ils aperçurent aussi Goupil, le renard très connu des environs

C'est un voyou, un bandit de grand chemin, dit Tom, mais je ne peux pas m'empêcher de l'admirer. C'est un solitaire, sauvage et rusé. Un être libre.

Mais Jacquette tremblait en pensant à sainte Odile et à ses poussins !

Ils firent une pause dans une clairière, se roulèrent dans la rosée qu'embaumaient le thym et les fougères.

Puis ils rentrèrent en chantant.

Trois jeunes tambours s'en revenaient de guerre (bis)
Et ri et ran et rapataplan
S'en revenaient de guè-è-rre
Le plus jeune a dans sa bouche une rose (bis)
Et ri et ran rapataplan
Dans sa bouche une ro-o-se
La fille du roi était à sa fenêtre (bis)
Joli tambour, donnez moi votre rose (bis)
Et ri ran rapataplan
Donnez moi votre ro-o-se
Fille du roi, donnez moi une bise(bis)
Et ri et ran rapataplan
Donnez moi une bi-i-se

- Chut ! On arrive, dit Jacquette

CONTE DU QUINZIÈME JOUR

En entrant dans la grange ils remarquèrent derrière une motte de paille, un bac contenant du lait. Oubli de la collecte sans doute. Bizarre ! Ils se regardèrent étonnés. Ils avaient faim. Grimpèrent sur la motte.

- Prends garde, Jacquette, c'est dangereux

- Il n' y a pas trop de lait ; juste tremper ma patte pour le goûter, j'ai soif. Elle se pencha.

- Non ! hurla Tom......Trop tard !...... Plouf !

Son cœur s'arrêta, celui de Jacquette s'affola. Pas une encoche, pas un point d'appui où s'agripper. Tom trouva une perche, mais le bac était plus profond que les apparences ; Jacquette se débattait, s'enfonçait, remontait d'un coup de talon, coulait de nouveau.

- Nage Jacquette, pédale, fais la brasse, criait Tom le cœur battant, essayant de garder son sang-froid

Je vais chercher du secours. Mais il ne pouvait pas la laisser seule, en danger.

- Repose toi sur le dos, fais la planche, respire à fond

Jacquette suivait les consignes mais s'épuisait

- Est-ce que je vais mourir ? pensa-t-elle soudain

A travers le bac il lui sembla voir sa mère qui lui faisait signe. Et elle se remit à lutter.

- Attrape la perche avec tes dents, lui cria Tom, pédale, reprends ton souffle ; elle crut voir Sainte Odile qui lui souriait

C'est à ce moment que, brisé par l'émotion, Tom perdit conscience et chuta de la botte de paille.

CONTE DU SEIZIÈME JOUR

De minutes en quart d'heure, le temps s'était écoulé.

Quand Tom ouvrit les yeux, le jour se levait sous un ciel de barbe à papa. Isidore lançait son premier cocorico. C'était le silence. IL murmura :

- Jacquette !
- Il se leva, il tremblait de tous ses membres ; il grimpa sur la motte de paille

ET IL LA VIT !

Blanche, souriante, les lèvres violettes
Jacquette était assise sur UNE MOTTE DE BEURRE !!

Elle l'attendait !

Tom ne bougeait pas. Il dit enfin : Jacquotte ! Ma Jacquotte ! Et il s'approcha d'elle.
- Non, attends

Elle se leva, se tourna vers le premier rayon de soleil et dit :
« Je vous salue Marie, pleine de grâce
Notre Père qui êtes aux cieux
Merci de m'avoir sauvée »
Amen

Tom prit sa patte mouillée dans la sienne, retourna son poignet, et lui baisa la main.

Il la descendit dans ses bras. Ils restèrent un long moment à se regarder, en silence. Enfin, il put parler
- Viens, tu vas avoir froid !

Il la serra contre lui et Jacquette pouvait entendre son cœur qui battait si fort.

Il creusa la paille et la déposa sur la balle d'avoine.

Et il se mit à la masser doucement pour sécher sa fourrure.
- Tu sais, lui dit-il, après demain c'est Noël

Elle tourna son visage vers lui.
- Oh Tom !

Et dans le clair-obscur, le saphir et l'émeraude étincelèrent

FIN

Val de Grâce 24 Novembre 2009

AUX ENFANTS ET PETITS ENFANTS

LE CARNAVAL DES ANIMAUX

Un jour, Clara m'a dit :

- Lénou, fais-moi un poème

Je l'ai regardée en silence

- Lénou, à quoi tu penses ?

Il faut du temps. Un poème, c'est comme un collier
Les mots sont des perles, on ne les enfile pas n'importe comment

- On les trouve où les perles ?

Dans les huîtres

- Dans les huîtres ? Et les mots ?

Ils dorment au fond de l'oreille ; il faut les réveiller

- Il y a aussi le fil

Bien sûr, pour le fil ça se passe la nuit

- Comment ça ? la nuit tout le monde dort

Oui, mais la lune, elle se lève quand le soleil se couche

- Elle doit s'ennuyer

Parfois des mamies qui ne dorment pas lui tiennent compagnie

- Elles se disent quoi ?

La lune est une magicienne ; elle choisit son meilleur rayon de lune, et ensemble, elles enfilent des mots et des étoiles

- Mais le poème, Lénou ?

Donne-moi un peu de temps, je t'appellerai

Deux jours plus tard, Clara revint
Voici le poème

Un lapin bleu gambadait dans une prairie, au crépuscule

- C'est quoi le crépuscule ?

C'est une nuit minuscule

Soudain, un dragon sortit du bois. Il fixa le lapin de ses yeux jaunes et dit :

« JAI FAIM »

« Danse d'abord avec moi répondit le lapin bleu puis nous ferons un bon festin »

Un loup en goguette
Un serpent à sonnette
Un renard à lunettes
Un écureuil à dos de chevreuil
Et même une grenouille
En vadrouille

Entrèrent dans la farandole

« Trinquons à la cervoise »
proposa l'écureuil en déployant son panache

Un Bambi s'invita, tambour battant
C'était la fête, que c'était drôle !

C'est quoi ce boucan ? demanda une pie en colère à un papillon
« Tu peux parler, répondit celui-ci en haussant les ailes,
Toi qui, le matin, réveille toute la forêt !

A minuit, tout le monde s'écroula

Quand l'aube se leva

- C'est quoi l'aube ? dit Clara

C'est un jour minuscule

Quand l'aube se leva, le lapin bleu, le dragon aux yeux jaunes, le loup, le serpent, le renard, l'écureuil, le chevreuil et le Bambi sur son tambour, étaient endormis tête –bêche et pattes emmêlées. Seule manquait la grenouille : on soupçonna le dragon de l'avoir mangée, sans faire exprès.

Les animaux dormirent une nuit, un jour, et encore une nuit. La cervoise avait coulé à flot. La gueule de bois se dissipait lentement ; ils rôdaient, titubaient, se soulageaient dans les fourrés et… ne se souvenaient de rien !
Un corbeau accroché à une branche donna soudain l'alerte.

Le garde champêtre surgit en uniforme rutilant des insignes de sa fonction : « Réveillez-vous, tas de volailles, d'enfoirés qui déshonorez la forêt ! Barrez-vous vite fait avant que je n'appelle mes collègues pour vous passer les menottes ».

Le dragon se dirigea vers lui, ses yeux jaunes lançaient des éclairs : » C'est ton problème, mon pote ? La forêt appartient à ceux qui la respectent et la font vivre ; demain, nous y tiendrons notre congrès. Et, après, nous ferons la fête, dit le lapin bleu. J'ai faim, gronda le lion, le cerf menaçait de l'étriper de ses bois.

« Et maintenant, dégage, lui intima le dragon » ; épouvanté le garde champêtre détala, en y perdant son képi.

La forêt résonna d'un immense hourra !

« Que s'est-il passé ? » demanda une girafe.

De fait, la prairie avait changé. La paisible clairière de leurs ébats était à présent une vaste pelouse qui dévalait doucement vers un lac. Elle bordait toujours la forêt, traversée par une large allée d'où s'égaillaient de multiples sentiers. Et, il y avait beaucoup de monde !
Sidérée, la joyeuse compagnie cherchait à comprendre

Ce n'était pas un rassemblement pagailleux mais exotique, bigarré, hétérogène, amical, et même plutôt chaleureux.

Il y avait l'âne et le bœuf, le roi-lion, des animaux malades de la peste, mais qui étaient tous guéris (sauf une biquette convalescente), un kangourou, un chat persan, une girafe, un ours polaire qui chantait.

« C'est moi qui suis Colargol
L'ours qui chante en fa en sol
En do dièse en mi bémol
En cravate et en faux col »

Il y avait encore un chien husky arrivé en traineau, une musaraigne toute en paillettes et même un crocodile épuisé qui émergeait du lac. Impossible de tous les énumérer.
Chacun s'exprimait dans sa langue ; mais tous semblaient se comprendre.

D'une branche à l'autre d'un cèdre de l'Himalaya, sur le fil d'une toile d'araignée, des mots tremblaient comme des gouttes de rosée. C'était le titre du poème :

« LE CARNAVAL DES ANIMAUX »

L'histoire était finie
Entre Lénou et Clara, il n'y avait plus que le silence

Janvier 2001

LA PLANETE « PLIJADUR »
(« bonheur » en langue bretonne)

Cette histoire est un conte, donc une histoire vraie, qui s'est réellement passée sur une planète, la planète « Plijadur ». Celle-ci ne figure pas sur les répertoires des géographes, comme Jupiter, Mars ou Vénus. Elle n'en existe pas moins pour autant puisque Johanna et son grand-père l'avaient choisie pour y habiter.

Elle leur convenait parfaitement par sa dimension ; ni trop grande ni trop petite pour deux personnes ; plus une chatte, car le jour du déménagement, Hortense (c'était son nom) assise sur la valise, ses deux billes de jade les regardant fixement, avait manifesté par des miaulements tout à fait inédits, son désir indiscutable de les accompagner.

Donc, cette planète leur plaisait à tous les trois, avec sa colline verdoyante parsemée de chardons et de coquelicots, son unique rivière qu'ils avaient baptisée « L'Isole », sa forêt pleine d'oiseaux et son climat très doux.

Ils avaient quitté la Terre à cause du bruit : les marteaux piqueurs, les voitures, les sirènes de toutes sortes et surtout les pétarades des mobylettes ; les avions ne les gênaient pas, car ils habitaient dans une zone protégée ; au contraire, ils aimaient voir ces oiseaux de métal fendre les nuages ou l'azur du ciel, et rêvaient de s'envoler un jour comme eux.

Quelques semaines plus tôt, Gaspard avait emmené sa petite fille très loin, à la campagne, pour y trouver le silence et entendre la voix du vent dans les branches. Il faisait très chaud, Johanna se rappelait très bien le front de son grand-père vaporisé de sueur ; ils marchaient depuis un bon moment déjà, tout en devisant, lorsqu'elle eut un besoin pressant ; accroupie au pied d'un talus brodé de chèvrefeuilles, elle se laissa distraire par un insecte qui pénétrait dans la clochette grenat d'une digitale, et elle mouilla malencontreusement ses socquettes ; un peu embarrassé, son grand père fronça les sourcils et lui dit :

- Tu aurais pu être un peu plus adroite !

Johanna le regarda dans les yeux et lui répondit simplement :

- Mais, Gaspard, est-ce que je pouvais faire pipi les jambes en l'air ?

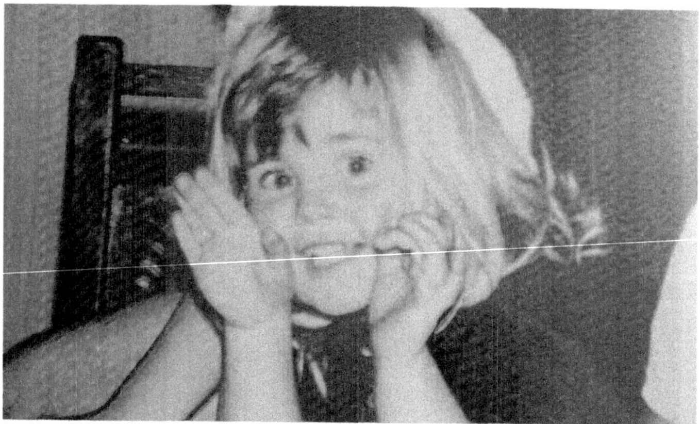

(Elle appelait son grand père « Gaspard » car c'était un prénom qui la faisait rêver ; et qui lui allait si bien !)

Alors, celui-ci se pencha, la souleva dans ses bras, la serra contre lui et depuis, elle entendait encore son rire cascader dans son cou. Ils rentrèrent tard à la maison et se firent gronder tous les deux.

C'est à partir de ce jour-là qu'ils envisagèrent de déménager. Car en plus du bruit, il y avait aussi les rythmes et les horaires qui les entravaient. Ce n'était pas que Johanna détestait les pétales de maïs, mais, c'était tout simple, le matin elle n'avait pas faim. Et elle n'aimait jamais autant jouer à cache-cache au dehors que lorsque le crépuscule étirait ses ombres et qu'elle devait aller au lit.

Enfin la question de la lecture avait été décisive. Lorsque Johanna imaginait le paradis, elle voyait une prairie où il faisait éternellement jour ; dans le fond, s'élevait une cabane de rondins ; à l'intérieur, les murs étaient tapissés de livres et le sol était capitonné de coussins multicolores ; le jardinier bibliothécaire ressemblait à Gaspard ; car lorsqu'elle était plongée, immergée, noyée dans ses histoires, il était le seul qui ne vînt jamais sans raison la déranger. On ne pouvait pas non plus, à proprement parler, accuser Hortense de dérangement ; et Johanna n'interrompait pas sa lecture lorsque la chatte sautait sur ses genoux ; sans perdre le fil de son récit, elle lui aménageait un creux entre ses jambes et lissait puis ébouriffait la longue et soyeuse fourrure tour à tour grise et blanche.

Depuis qu'ils habitaient sur la planète Plijadur, chacun s'adonnait à ses occupations favorites ; Gaspard allait tous les matins à la pêche, avec sa canne et son lancer ; en plus des tanches et des gardons qui lui rappelaient ceux de sa lointaine enfance, il ramenait aussi des brochets et parfois un saumon.

Hortense vieillissait et passait le plus clair de son temps à dormir, étalée de tout son long au soleil, la tête à l'ombre d'une touffe ; elle ne se redressait que lorsque des oiseaux venaient picorer dans ses parages et elle les chassait sans pitié, malgré les semonces de Johanna.

Pour fêter leur arrivée, celle-ci s'était percé trois trous dans le lobe de son oreille gauche et un trou dans celui de son oreille droite ; elle y avait ensuite fixé des paillettes dont l'éclat la ravissait ; Gaspard, d'abord inquiet de voir couler du sang, s'était peu à peu rassuré et rallié à son enchantement. Puis, elle avait déballé et rangé toute sa bibliothèque, et elle lisait de plus en plus, en toute tranquillité. Parfois, elle sortait se promener, le visage masqué d'un loup, et elle parlait aux animaux qu'elle rencontrait en chemin.

Mais un fait nouveau était apparu dans sa vie : la nuit, parfois, ou au milieu de ses lectures, elle sentait pousser quelque chose en elle, à l'allure d'une jacinthe dans une serre chaude ;

alors, elle se levait, ouvrait un cahier, et sous sa plume naissaient des paroles, des couleurs, des accents de chanson. Elle aimait les mots comme des pierres précieuses, comme des notes de musique ; « manigance » par exemple, ou « florilège » ou encore « parousie » dont elle ignorait le sens ; parousie était un mot si joli qu'elle décida qu'il était préférable qu'il restât mystérieux, elle le ferait rimer avec jalousie et cela donnerait au poème un certain écho magique ; à la réflexion, elle l'offrirait à Gaspard le jour de son anniversaire.

Un matin, dans un courant d'air, une fenêtre s'ouvrit brusquement et un carreau se brisa. Elle persuada Gaspard de ne pas le remplacer et proposa d'installer un voilage à cet endroit.

- Ainsi, lui dit-elle, non seulement nous entendrons le vent, mais nous le verrons onduler et jouer dans le tissu transparent.

Ce qu'elle ne dit pas, c'était l'émotion intime qu'elle éprouvait à contempler la lumière du soleil se diffuser dans les fibres de la percale et emplir la maison d'une clarté mouvante et nacrée.

Ce travail l'occupa assez longtemps ; sur la Terre elle n'aimait pas la couture ; on lui demandait rarement son avis sur le choix du tissu, l'utilité du projet ; et surtout, on la sortait sans ménagement de sa lecture.

Ici, elle se sentait vive et légère, car le temps ne comptait plus ; plus exactement, les choses ne se heurtaient pas, mais s'emboitaient harmonieusement comme des poupées russes : le désir dans l'utilité, le travail dans le loisir, l'idée dans la forme toute personnelle de l'objet.

L'hiver arrivait quand le rideau brodé d'arabesques mauves et or fut terminé ; alors qu'elle le mettait en place, elle remarqua à travers la fenêtre que, dehors, les oiseaux ne trouvaient plus à se nourrir. Elle disposa sur une assiette une poignée de grains de riz et la déposa sur le sol. Alors il se passa une chose étonnante : Hortense, qui l'avait suivie, se mit à humer, puis à goûter, puis à manger avec appétit le menu des oiseaux. Johanna sourit, la laissa faire et remplit à nouveau l'assiette de grains de riz.

Pour la première fois depuis qu'elle habitait sur la planète Plijadur, Johanna fit un mauvais rêve la nuit suivante. Elle était couchée et elle avait mal au ventre ; elle appelait sa mère mais celle-ci ne l'entendait pas et continuait comme si de rien n'était à lire les petites annonces de l'immobilier, dans le Figaro ; elle déménageait beaucoup dans sa tête, et quand elle refermait son journal, elle parlait d'un air un peu égaré qui effrayait Johanna, de salle de bains pleine de miroirs ou de feu de sarments qui faisait danser des ombres sur les vieux murs de pierre d'une chaumière ardéchoise.

Dans son rêve, Johanna essayait de se lever pour boire un verre d'eau, mais elle tombait sur le sol, et couverte de sueur tentait d'appeler à l'aide ; par la porte entrebâillée, elle voyait son père assis dans un fauteuil, tenant Hortense renversée dans le creux de son bras, la caressant, la couvant amoureusement du regard en lui murmurant des mots doux – obscènes -. Elle se mettait à vomir, et pataugeant à quatre pattes dans une boue tiède et nauséabonde, elle rampait vers la lumière ; à présent, elle apercevait sa mère, seule dans son lit, qui lisait « Libération » en mangeant du chocolat noir ; comme d'habitude, elle feuilletait le journal à l'envers, de la dernière à la première page, le visage noyé dans le clair-obscur de ses longs cheveux et de la lampe.

Des trombes d'eau la réveillèrent haletante, la bouche sèche ; elle flotta un long moment entre deux mondes ; elle n'était plus que le crépitement de la pluie sur les larges feuilles du figuier voisin ; puis elle retrouva son décor familier, se détendit peu à peu et se rendormit apaisée.

Le lendemain matin, elle se dessinait avec soin une fleur sur la joue, lorsqu'elle remarqua Hortense dans la glace ; elle dormait dehors près de l'étang, dans une flaque de soleil pâle, sur un lit de gazon d'un vert si tendre qu'on l'eut dit poussé pendant la nuit. Johanna lui prépara son petit déjeuner et l'appela ; mais elle continuait à dormir et Johanna n'insista pas.

Gaspard rentrait de la pêche en sifflotant une marche militaire ; et soudain, elle le vit s'immobiliser tout près de la chatte, en poussant un cri étouffé ; à son tour, elle s'approcha à pas lents. Hortense était toujours immobile, étirée de tout son long dans sa robe angora de camaïeu gris ; quand elle se baissa pour la caresser, le mouvement de sa main se cassa net : une silhouette de cendres douces, de paillettes d'ardoises argentées, dessinait le corps d'Hortense endormie.

Le temps se remit en marche, lorsque Johanna rencontra le regard de son grand-père ; Gaspard remarqua l'abondance et la fraicheur du gazon où reposait l'âme d'Hortense ; de plus en plus d'oiseaux, de toutes couleurs et de tous ramages voletaient autour d'eux : des chardonnerets, des ibis blancs, et des rouges, un couple de fauvettes, le rossignol de l'Empereur de Chine, des bouvreuils, un macareux, et sur une branche du sycomore, paupières bleues et bec cerné de jaune, un aigle royal impassible qui contemplait la scène ; quand ils se posèrent pour picorer, Johanna vit qu'un pré carré de rizière avait poussé pendant la nuit et que les oiseaux n'avaient jamais été aussi joyeux.

UN JOUR, ANTOINE M'A DIT :

- Lénou, je vais te dire un secret

C'était au printemps, fin Avril, je crois,
Tu es venu près de moi,
Tout près de mon oreille
Ton souffle déjà sentait le muguet

- Dis-moi, c'est quoi ton secret ?

« Une fleur qui marche dans l'herbe »
Cherchant cette merveille,
Je vois, dans le jardin, des clochettes
Blanches dans une jupe verte
Un vent léger respire autour d'elles,
Un pas en avant, un pas en arrière
La fleur-muguet marche dans l'herbe
Dans le ciel, passe une hirondelle
Antoine est revenu me voir

- Lénou, je vais te dire encore un secret

Tu t'approches tout près de mon oreille
Mes cheveux te chatouillent le nez
« Une feuille qui marche dans l'herbe »
Cherchant cette merveille
Je vois près du muguet une feuille toute neuve
Qui boite sur son pédoncule, portée par le vent léger

- Bonjour, dit la feuille
- Tu marches avec peine

- Oui, répond la feuille ; un oiseau s'est posé sur ma branche, et je suis tombée
- Je vais t'aider, dit le muguet, accroche-toi à ma jupe ; faisons un tour de jardin. Et tous deux, nous annoncerons le printemps

LA CLE DES SONGES

Pour Eloïse

Il était une fois une petite clé abandonnée au fond d'un tiroir. Celui-ci fermait mal, et elle savait quand même quand c'était le jour et quand c'était la nuit.

De loin, elle entendait les bruits de la maison : le chien qui aboyait à l'arrivée d'un visiteur, des cris d'enfants , la musique qui montait dans la cage d'escalier, ça c'était son meilleur moment ; il y avait aussi la pluie qui tapotait la lucarne ; et Rami, un chaton qu'elle n'avait jamais vu qui appelait au secours quand il s'était laissé enfermer dans le grenier ; alors on le grondait en l'appelant raminagrobis, et il miaulait encore plus fort ; lorsque des pas se rapprochaient de la clé en faisant craquer le plancher, son cœur battait très vite.

Sa vie était monotone, son temps très long dans l'odeur de poussière ; à part un bouquet de lavande fané, ses voisins, des vieux papiers et des bouts de ficelle, n'étaient pas du tout intéressants ;

Elle s'ennuyait surtout de sa serrure, la serrure du coffre perdu. Clic, clac il s'ouvrait, clic, clac, il se fermait, grâce à elle. Même ouvert, elle ne voyait pas le contenu du coffret, mais l'extérieur était très beau, en laque noire ornée de coquillages et de nacre.

Un jour de grand silence, quelqu'un ouvrit le coffret et l'emporta en oubliant la clé. Ça devait être un voleur. Depuis, elle vivait oubliée, dans le tiroir obscur. Elle ne servait plus à rien, elle ne servait plus à personne.

Un Dimanche où des amis étaient venus en visite, on se mit à rechercher de la cave au grenier un livre introuvable. Quand on ouvrit son tiroir, la clé fut terrorisée à l'idée d'aller à la poubelle. Par bonheur, une petite fille, Eloïse, accepta de la garder.

- Elle servait à quoi ?

- Elle fermait un coffret
- C'est quoi un coffret ?
- Une jolie boîte pour ranger des choses précieuses
- Comme quoi par exemple ?
- Un collier, une photo de sa maman et de son papa ; peut-être une fleur séchée, cueillie au cours d'un voyage
- Ou bien la lettre d'un amoureux ? dit Eloïse
- Oh oui
- Il est où le coffret ?
- Il a disparu
- Je ferai quoi avec la clé ?
- Tu prendras la clé des champs
- Il n'y a pas de clé sur les champs
- On dit ça quand on sort de chez soi pour aller dans la campagne

La fillette réfléchit : est-ce que la clé pourrait ouvrir le cadenas qui ferme le verrou qui ferme le portillon qui ferme le jardin qui ouvre sur la mer ? Est-ce qu'elle pourrait rejoindre le cavalier qu'elle voyait parfois, tôt le matin, de la fenêtre de sa chambre, trotter au bord au bord du rivage ? Peut-être qu'il l'inviterait à monter ?

Elle prit la clé. Celle-ci fut toute joyeuse et soulagée quand la petite main se referma sur elle. Elle était enfin libre ; et redevenait précieuse.

C'était la fin de l'été. Eloïse repartit dans son pays lointain. Mais elle oublia la clé sur le bord de la fenêtre de « La Chaunière » (c'était le nom de sa maison de vacances) chez ses grands-parents.

A la première bourrasque, les feuilles des bouleaux tourbillonnèrent et se posèrent sur la clé qui prit les couleurs de l'automne.

Une nuit de tempête balaya les feuilles et le matin elle apparut toute dorée dans le soleil. On se dépêcha de l'envoyer rejoindre sa propriétaire. Celle-ci lui mit un ruban bleu et l'accrocha au-dessus de son lit. Quand elle avait peur le soir, ou après un mauvais rêve, elle prenait la clé dans sa main et s'endormait rassurée ; il y avait en elle un peu de magie.

Eloïse devint le coffret de la clé. Et celle-ci voyait à présent l'intérieur du coffret et ses trésors.

Octobre 2000

LA CITHARE ET LA TRUITE

Drapé de nuage et de vent l'hiver arrivait sur la pointe des pieds. Hier, c'était encore l'automne ; l'air était doux, un peu frais le soir ; crinières ébouriffées d'or et de cuivre, chênes, hêtres et châtaigniers illuminaient la campagne. Mais quelques rafales la nuit dernière les avaient en grande partie dépouillés et ternis.

Sur un tapis de feuilles fraichement tombées, un gamin en culotte courte marchait d'un pas tranquille et feutré. Il suivait le chemin qui borde la rivière, cette rivière qui s'appelle L'Oust. Il portait dans la main droite une sorte de tablette de forme irrégulière traversée dans sa longueur de cinq cordes fines très tendues.

Il arriva au lieudit des « Quatre vents » ainsi appelé parce que l'Oust y croise une autre rivière L'Aff. En cet endroit se mêlent des brises, des murmures et des senteurs sauvages venus des quatre horizons ; il descendit au bord de l'eau, s'assit dans l'herbe, près du vieux pont, posa la tablette sur les genoux en l'écartant avec soin de cette vilaine croûte marron qui tachait sa peau claire depuis sa chute du pommier.

Le corps immobile, il regarda l'instrument un long moment, puis, des doigts de sa main droite, il se mit à le caresser doucement sur la tranche ; enfin, il effleura avec une sorte de timidité le plateau verni où dansaient des reflets moirés.

Son visage était un peu pâle quand il fit vibrer la première corde qui rendit un son de cristal. Il ferma les yeux ; ses traits se détendirent, et de ses doigts malhabiles il partit à la recherche d'une mélodie. Celle-ci ne se laissait pas facilement inventer, ce fut surtout une pluie de notes désordonnées qui naquit de l'instrument, mais elles possédaient un timbre si harmonieux qu'il frissonna.

Un léger clapotis l'arracha à son rêve, et parmi les joncs il vit une truite qui l'observait

- Bonjour, lui dit-elle. Je passe souvent ici, mais je n'ai encore jamais rien entendu d'aussi joli.
- Bonjour, répondit l'enfant. C'est une cithare. Mes parents me l'ont offerte hier pour mon anniversaire.
- Quel âge as-tu ?
- Huit ans
- Et tu sais déjà en jouer ?
- Oh non, pas encore, ce que tu as entendu c'est une musique non apprise, je n'y suis pas pour grand-chose ; tout le mérite en revient à ces cordes sur leur boitier.
- Et cette chose que tu portes sur le dos, ça sert aussi à faire de la musique ?

Le petit garçon se mit à rire tout en se dégageant les épaules des bretelles de son cartable ; il était si absorbé au retour de l'école qu'il avait oublié de le déposer à la maison.

- Oh, bien sûr que non ; c'est un cartable ; ça sert seulement à apprendre à lire et à écrire ; ça n'est pas toujours très amusant ; et à compter, ça c'est plus drôle. Est-ce que tu vas toi aussi à l'école ?
- Je ne sais pas ce que tu veux dire, répondit la truite ; mais, dis-moi, comment t'appelles-tu ?
- Mon prénom est Bédic
- Quel nom bizarre, je n'en ai jamais entendu de semblable

- Il n'est pas bizarre, dit l'enfant, un peu agacé, mais je reconnais qu'il n'est pas très courant ; il signifie Petit Bertrand. Un de mes grands oncles fut tué à la guerre à l'âge de vingt ans. Il s'appelait Bertrand ; depuis, à part moi, personne dans la famille n'a porté ce prénom.
- Drôle d'idée, dit la truite, songeuse.
- Et toi, comment te nommes-tu ?
- Tu sais, chez les truites, et chez les poissons en général, il n'y a pas de prénoms.
- Mais alors, comment peux-tu prétendre que je porte un nom bizarre ?
- Excuse-moi, je ne voulais pas te vexer, rétorqua la truite. Je connais seulement les noms des pêcheurs qui viennent régulièrement aux Quatre vents pour essayer de nous capturer. Jusqu'à présent j'ai réussi à déjouer leurs ruses. Le plus redoutable s'appelle Emile et son copain c'est Baptiste. Ils ne sont pas venus aujourd'hui.
- Peut-être parce que c'est le jour de l'ouverture de la chasse dit Bertrand. J'ai remarqué que les pêcheurs sont aussi souvent des chasseurs. C'est peut-être leur façon à eux d'aimer les animaux !
- J'aimerais mieux que l'on m'aime autrement, commenta la truite.

  Et devant l'air confus de l'enfant, elle ajouta
- Joue moi encore quelque chose avec ta cithare

L'enfant ferma les yeux et pâlit légèrement. Pendant quelques instants le silence fut total. Soudain il fut déchiré par le cri d'une hirondelle et ce fut comme un signal. La truite fut parcourue d'un petit frisson. Les premières notes se mirent à crépiter doucement, entrecoupées d'accords et d'arpèges improvisés au hasard. Ses ongles trop courts n'ayant aucune prise

sur les cordes, l'enfant pinçait délicatement celles-ci du bout de ses doigts tachés d'encre violette.
La truite s'était curieusement mise sur le dos, dévoilant son ventre nacré et sa queue ondulait dans l'eau ; elle dansait au rythme de la musique. Lorsque l'écho de la dernière note se fut éteint dans le crépuscule elle retrouva son attitude d'observation.

L'enfant avait relevé son visage, mais n'avait pas encore l'air très réveillé. Elle remarqua que ses pommettes un peu hautes étaient teintées de rose ; mais ce qu'elle aima par-dessus tout dans son profil, ce fut ce fragile petit coin de peau d'ivoire veiné, à la lisière la plus dorée de ses cheveux ; ce très petit espace diaphane qui, apparemment, ne servait à rien d'autre qu'à réunir ses joues et son front. Mais il n'était pas question pour elle de le lui dire.

- C'est vrai, je crois que tu pourrais faire des progrès ; existe-t-il une école pour apprendre à jouer de la musique ?
- Oui, dit-il, ça s'appelle un Conservatoire ; je ne sais pas ce que l'on y conserve, mais les maîtres sont des musiciens. C'est sûrement plus intéressant que l'école où l'on apprend des choses absurdes.
- Ça veut dire quoi « absurde » ? demanda la truite
- Ça veut dire : qui n'a pas de sens, c'est le monde à l'envers : par exemple, aujourd'hui, le maître nous a dit que le chapeau de la cime était tombé dans l'abîme, mais à quoi peut bien servir un chapeau au fond d'un précipice ? Regarde là-haut, vois-tu ce nuage en forme d'accent circonflexe qui coiffe le sommet de la colline ? Eh bien, je suis sûr que c'est le chapeau de l'abîme qui s'est envolé et a retrouvé sa place sur la cime.
- Moi, je trouve très jolies tes histoires d'école, même si elles sont absurdes, dit la truite.

- Oh mais il n'y a pas que cela, on nous apprend aussi des choses inutiles ; par exemple, les conjugaisons, toutes bien alignées en rangs d'oignons dans le « Bled »
- C'est quoi le « Bled » ? interrompit la truite
- Un livre spécial et très ennuyeux. Puisqu'en parlant je sais dire, par exemple, hier je chantais, ou bien demain nous nous promènerons, à quoi bon nous compliquer la vie avec le futur et l'imparfait ; et, d'abord, qu'est-ce que ça à voir avec la perfection ?
- C'est juste, dit la truite ; je ne dois peut-être pas regretter l'école ; moi, c'est dans ma tribu que j'ai appris à vivre.
- Mais, comment faites-vous chez les truites pour vous reconnaître, si vous n'avez pas de nom, s'enquit l'enfant
- Oh c'est assez simple, nous avons chacune une mission unique et particulière ; l'une ouvre la marche, l'autre la ferme, une autre s'occupe des pêcheurs etc……
- Ça, au moins, c'est utile. Et toi, à quoi sers-tu ?

La truite parut un peu embarrassée et fit un tête-à-queue argenté parmi les herbes aquatiques.
- Dis-moi quel est ton rôle ? insista l'enfant

Après un silence, elle répondit :
- Je lis l'avenir dans les lignes des nageoires des truites
- Tu es diseuse de bonne aventure ?
- Bonne ou mauvaise, ça dépend. Mais c'est un métier assez délicat ; et pas toujours très bien considéré. Certains se moquent de moi, d'autres ne me croient pas.
- Elles ont tort, dit gravement le petit musicien
- Tu ne crois pas si bien dire, renchérit la truite, heureuse d'être prise au sérieux ; pas plus tard qu'hier j'ai senti le danger de l'autre côté du pont et j'en ai averti deux jeunes dont la ligne de vie était très courte. Peu après l'aube, elles ne sont pas revenues.

Impressionné, l'enfant posa sa cithare dans l'herbe, hésita un peu, puis demanda :

- Pourrais-tu me prédire mon avenir à moi aussi ?
- Mais tu n'as pas de nageoire, dit la truite
- Chez nous les hommes, ça se lit dans les lignes de la main
- Je veux bien essayer, mais je ne peux pas te promettre de réussir.

L'enfant s'approcha du bord et tendit la main droite

- Oh, qu'est ce que toutes ces taches ? S'étonna la truite

- Ne t'inquiète pas, c'est seulement de l'encre ; c'est vrai qu'aujourd'hui j'en ai plus que d'habitude ; c'est encore une de ces contradictions de l'école. Hier, en écoutant les nouvelles, ma mère s'est écriée « Oh ça va sûrement faire couler beaucoup d'encre » ; moi, je ne m'intéresse pas tellement à l'actualité, mais le visage de ma mère était comme je l'aime, c'était donc certainement un événement joyeux. Alors ce matin, en classe, j'ai fait semblant d'être maladroit et j'ai renversé l'encrier ; j'ai attendu, mais il ne s'est rien passé d'extraordinaire et le maître m'a accusé d'avoir voulu me faire remarquer.

La truite n'avait jamais vu quelqu'un d'aussi près sur une berge ; hors du contre jour, les yeux bleus de l'enfant la remplirent d'admiration. Mais à nouveau, elle n'osa pas le lui dire.

- Sais-tu à quoi tu me fais penser ? Lui dit-il. Dimanche, mon père m'a emmené voir une exposition d'un grand peintre anglais ; un de ses tableaux s'appelait « Le pont du diable », un arc en ciel comme celui de ta robe enjambait une rivière.

La truite ne savait pas qu'elle était belle ; c'est dans le regard de l'enfant qu'elle en eut la révélation ; trop émue pour répondre, elle plongea sous l'eau un bref instant

- Je sais, dit-elle en refaisant surface ; je suis assez différente de mes sœurs dont le dos est tacheté de bleu et de corail. C'est d'ailleurs pour cela que je possède ce don de voyante.

L'enfant ne comprit pas le lien qui existait entre ces deux phénomènes ; dans l'univers des poissons, il devait régner une logique particulière, un peu comme à l'école ; le monde était donc fait de compartiments qui avaient chacun ses règles propres qu'il fallait déchiffrer si on voulait aller de l'un à l'autre. C'est bien compliqué, songea-t-il.

- Bon, ne me trouble pas, poursuivit la truite, sinon je ne pourrais pas me concentrer

Elle contempla sans rien dire la paume ouverte striée de nervures pareilles à celles des feuilles.

- Franchement, je n'y comprends pas grand-chose, avoua-t-elle enfin ; ces lignes ont sûrement une signification cachée ; mais, je n'en possède pas la clé.

Elle se sentait triste de ne pouvoir répondre au désir de l'enfant, et surtout elle craignait qu'il n'eût pas confiance en elle ; son métier était gâché par tant de charlatans. Elle aussi découvrait que chacun vivait dans une case et qu'il était assez difficile de communiquer avec les autres.

Bertrand ne répondit pas. En retirant sa main, il effleura les cordes de la cithare ; au même moment une hirondelle rasa la rivière en poussant son cri.

Comme la première fois, la truite se mit à frissonner.

D'une voix basse, un peu altérée, elle murmura :

- Tu sais, je suis très sensible aux mouvements des ondes ; il arrive parfois qu'ils m'apportent un message, je crois bien que plus tard tu seras musicien.
- Musicien ? dit l'enfant, tout saisi, mais ce n'est pas un métier. C'est un divertissement, un art, comment dire.........en dehors de la vie.
- C'est possible, je n'en sais rien, répliqua la truite ; et puis j'ai pu me tromper. Avais-tu déjà choisi une profession ?

- Oui, je voulais être grutier
- Qu'est-ce c'est être grutier ?
- On est tout en haut d'une grue, tout seul, dans une cabine de verre, en plein ciel ; on dirige l'immense bras de la grue qui tourne sans bruit en transportant des matériels très lourds sur les chantiers. C'est assez dangereux mais très utile.
- Cela n'a rien à voir avec la musique, dit la truite.
- Penses-tu qu'un métier puisse être aussi un plaisir ? interrogea l'enfant. J'ai vu jouer des musiciens, mais je ne pensais pas qu'ils faisaient ça pour de l'argent.

Tous deux étaient songeurs. L'enfant, le premier, se ressaisit.

- Seras-tu là, demain, aux Quatre Vents ?
- Rien n'est moins sûr, dit la truite, car nous préparons notre migration ; le jour en sera fixé ce soir.
- Il faut que je m'en aille dit le gamin, car il est tard. Je reviendrai demain. Bonsoir.

Il fit glisser son cartable sur ses épaules, prit sa cithare, se leva, ébaucha un geste léger de sa main libre et prit le chemin du retour. La truite suivit des yeux le plus longtemps qu'elle pût le mouvement gracieux de son écharpe rouge dans le vent du soir.

- Adieu, petit Bertrand, murmura-t-elle

Il fit un détour par le pré où broutait un poney blanc ; lui caressa l'encolure et les oreilles et lui chuchota :

- Et toi, qu'est-ce que tu en penses ? Un métier peut-il être aussi un plaisir ?

Le lendemain, il revint aux Quatre Vents, sa cithare à la main, une besace de toile en bandoulière à l'épaule. Une résille de brume enserrait le sommet de la colline et une odeur de fougère

coupée descendait dans la vallée de l'Aff. Il s'assit au même endroit que la veille et se mit à jouer de la cithare.
La truite ne revint pas.

Alors, il ouvrit la besace, s'approcha de l'eau et déposa dans le courant une bouteille au goulot bien fermé qui enfermait une feuille de cahier à carreaux roulée comme un parchemin.

- Va, lui dit-il. Et il la regarda flotter en zigzaguant au milieu d'anneaux de plus en plus larges, s'éloigner, puis disparaître.

Dix ans plus tard…

Un jeune Français contemplait le coucher du soleil sur une plage. La ligne d'horizon sur l'océan traçait l'infranchissable frontière qui le séparait de sa famille.

Quand le dernier rayon incendia la mer, il se leva. L'heure de rentrer. De retrouver la « 104 » et sa chambre d'étudiant. Il étudiait la musique dans l'école la plus réputée de New York.

Comme il longeait la falaise, une bouteille d'un verre épais émergea des algues. Il s'arrêta. La recueillit.
Arrivé chez lui, il la rinça, la brisa. Elle renfermait un message, écrit à l'encre violette sur un papier d'écolier :
« Adieu petite magicienne. Je n'oublierai jamais l'après-midi que nous avons passé ensemble ; tu étais si belle ! Tu as lu dans les lignes de ma main. Tu as prédit que je deviendrais musicien. Tu as beaucoup de talent !
Merci ; je veux que tu sois heureuse »
Bertrand

Il s'assit. L'émotion. La vague.
Le soir tombait quand il se leva. Il prit sa guitare. Il chercha les notes. La mélodie s'éleva, trébuchante, balbutiante, hésitante. Et soudain, elle ruissela sous ses doigts : *« La Truite »*, de Schubert

Sa chambre vacilla dans un rêve d'harmonies et une pluie d'étoiles.
Quand il se réveilla, au milieu de la nuit, il était dans son lit, tout habillé, sa guitare à portée de main, un oreiller sur sa tête.

1967-1977

FAMILLE

A PIERRICK ET MONIQUE

Je regardais le soir frissonner sur la baie. C'est ta dernière nuit, Caro, ta dernière nuit sur terre. Déjà, ton âme s'est évadée. Où se fait-elle belle, à cette heure ?

Je pense à ton père, mon frère de toujours, si fort, si vulnérable ; je pense à ta mère, pietà vaillante et brisée. Les parents ne sont pas faits pour voir mourir leurs enfants.

La dernière fois que je t'ai vue, c'était il y a deux ans. Tu étais couchée sur le côté ; dans ton visage immobile et sans voix, tes yeux me regardaient fixement. Je t'ai pris la main, elle était fermée, tes doigts rigidement repliés. J'ai caressé ton poignet, ta peau si douce, si fine, au grain bien serré. Ressentais-tu mon contact à cette jointure fragile ? Et puis je t'ai parlé, tout près : « Je suis Tante Hélène »

Mes phrases étaient brèves, ponctuées de silence pour donner le temps à ce goutte-à-goutte de descendre dans les profondeurs où dorment les souvenirs anciens. Ty Bugale, Mamie, Tadpern, la joyeuse tribu des cousins emmêlés, les jeux, les rires, les disputes. M'entendais-tu ? M'écoutais-tu ? Quel écho éveillaient ma voix, ma main sur ta main.

Tu es restée un enfant, dans ton innocence intacte.

Il y a le temps des jours et des nuits, celui des horloges. Il y a le temps du bonheur, passager en cavale. Il y a le temps de la souffrance, qui s'étire à l'infini.

Un jour, une heure, l'éternité

HOMMAGE À MA MÈRE

J'entends une voix, une voix jeune dans un lieu très ancien aujourd'hui effacé. Ma mère est près de moi ; je l'écoute, elle dit la prière à l'ange gardien. Un peu plus tard, une image : j'ai grandi, je sais parler, je suis près de ma mère, je dis avec elle la prière à l'ange gardien.

« Veillez sur moi quand je m'éveille
Bon ange, puisque Dieu l'a dit
Et chaque nuit quand je sommeille
Penchez-vous sur mon petit lit
Ayez pitié de ma faiblesse
À mes côtés marchez sans cesse
Parlez-moi le long du chemin
Et pendant que je vous écoute
De peur que je ne tombe en route
Bon ange, donnez-moi la main »

Le temps a passé. Une vie a passé qui a parcouru le siècle traçant un sillon lumineux. Mais durant ses dernières années, la perte de son « chez soi », de ses repères familiers, fut pour ma mère une épreuve insurmontable. « Il est temps de rentrer à la maison » disait-elle chaque jour. Elle se levait de jour et de nuit, quittait sa chambre, arpentait les couloirs, tombait parfois, se blessait souvent.

C'est dans un creux de mon propre sommeil, alors que ma pensée la rejoignait, craignant les périls encourus, qu'est remontée intacte, du fond de ma mémoire, la prière à l'ange gardien. Mais nos deux présences étaient inversées. La fragilité et la vigilance avaient changé de camp. C'était ma mère, à présent, qu'il fallait protéger. Alors l'ange fut prié d'assumer le chassé-croisé.

« Veillez sur elle quand elle s'éveille
Bon ange, puisque Dieu l'a dit
Et chaque nuit quand elle sommeille
Posez votre aile sur son lit
Ayez pitié de sa faiblesse
À ses côtés marchez sans cesse
Parlez-lui le long du chemin
Et pendant qu'elle vous écoute
De peur qu'elle ne tombe en route
Bon ange, tenez-lui la main »

L'enfance, la jeunesse, la maturité, le grand âge se sont rejoints. La boucle est bouclée. La vie, la mort, la vie se donnent la main.

Eglise de CARHAIX
17/11/2001

ROBIN DORMAIT

C'était la deuxième nuit
Une nuit venteuse de Février
Une rafale plus forte l'éveilla
Par la fenêtre il vit le ciel
Un ciel sombre, criblé d'étoiles

C'était beau
Les étoiles tremblaient
Elles naissaient, disparaissaient, puis semblaient renaître

Ce monde constellé, silencieux, infini, le contemplait
Par la fenêtre, dans son couffin
Les minutes s'écoulaient, longues et douces
Il pensa qu'il était trop petit pour être orphelin,
Et pourtant…
Il fallait faire vite…
Sa maman au pas dansant
Allait venir lui rendre visite
Sur la pointe de ses pieds nus
Après, il serait trop tard…

Le vent se fit léger, le ciel plus clair, encore plus beau
La petite musique de nuit s'arrêta
Une insolite étoile filante traversa le ciel
Le tout petit Robin fut sur son étoile,
        Son île d'éternité.

A son tour, il regarda la terre
Il vit sa mère,
Il respirait encore sa peau dans les mailles de sa brassière
Il vit son père, Jean-Christophe

Sa voix mate et tendre lui avait appris son prénom « Robin, Robin »
C'est par son prénom qu'on devient quelqu'un
Il vit son grand frère Florent
Au rire enchanté
C'était son trio gagnant !
Il se prépara à veiller sur eux, pour toujours.

Paris, Février 1992

BON ANNIVERSAIRE MON PATRICK

Concarneau le 6 Avril 2001

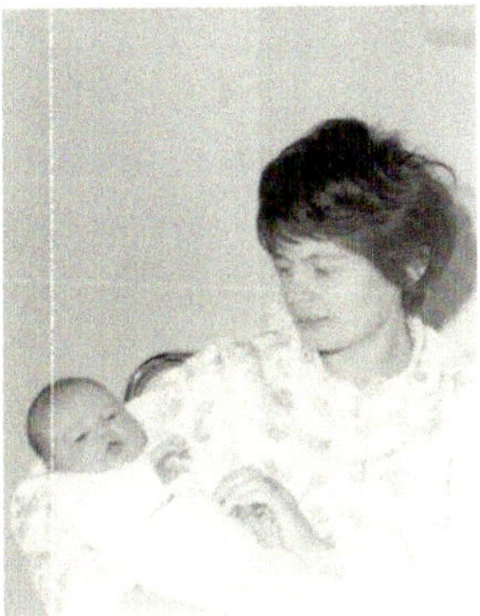

Chaque année, en Avril, je me souviens.

Toi, tu étais prévu aux environs de Pâques. Ça nous arrangeait. Bien sûr, c'était le temps des vacances scolaires. Tes frères et sœurs sont tous les quatre partis à Carhaix.

Quand je pense à quelle charge pour Mamie et Tadpern d'héberger ainsi toute la tribu à Ty Bugale et chaque année après les vacances à St Marc

Je me rappelle que ton oncle Pierre m'avait fait part de la joie exubérante à l'annonce de ta naissance.

Pendant ce temps, à Mennecy, j'attendais impatiemment mon heure.

Le Dimanche de Pâques tu t'es annoncé.

Papa et moi nous rendîmes à Viry-Chatillon à la clinique La Roseraie. N'étant très entourés nous n'avions pas fait le meilleur choix ; d'ailleurs elle a fermé ses portes peu après.

Papa a passé la journée et la nuit avec moi. Rien ne se passait. Le Lundi soir j'ai voulu qu'il rentre à Mennecy dormir car il travaillait le lendemain.

Cette attente m'éprouvait. Dans la nuit, j'ai décidé d'entreprendre un « voyage autour de ma chambre ». J'ai commencé un marathon entre mes quatre murs. Bonne idée. Quand j'ai senti que tu te décidais à voir le jour – bien qu'il fît encore nuit – j'ai sonné. La sage-femme est venue, je l'ai suivie. J'étais surprise qu'elle fût seule.

Tu es né dans la douleur, comme c'est la règle. Mais sans incident. Elle m'a dit : « c'est un garçon » ; j'ai pensé « l'alternance continue ». Puis elle a ajouté : « Il pèse 4 kg 620 » ; J'ai cru qu'elle se trompait. Elle passait de moi à toi et de toi à moi. Enfin, elle m'a dit : « Vous pouvez regagner votre chambre »

Je me suis levée, pas très solide, mais plus légère ! Je me suis arrêtée près de toi ; en effet tu étais robuste, tu criais ferme. Il ne te manquait rien, j'étais soulagée. Elle te donnait les premiers soins, te mettais tes premiers vêtements, elle ne m'a pas proposé de te prendre dans mes bras, j'étais désemparée.

En enfilant le long couloir, dans un silence absolu, j'ai éprouvé une grande solitude. Dans mon lit je me suis peu à peu réchauffée et détendue.

Alors, comme par une vague venue de loin, j'ai été enveloppée par un très grand bonheur. Je t'attendais. Je t'avais accompli. Nous avions fait connaissance

Tu es arrivé. Nous étions seuls tous les deux. Tu étais tout près de moi, de nouveau. Pour la première fois tu as entendu ton prénom. Patrick était devenu quelqu'un, quelqu'un d'unique.

Je t'embrasse,
Maman

POÈMES et NOUVELLES

C'EST QUOI LA POESIE ?

La poésie est un pays
Quelque part entre ciel et terre
Une île à l'horizon entre mer et ciel
Dans le Sud lointain, c'est une oasis
Sertie de sable ocre, plombée de soleil
Les sabots dans la glèbe, la foule fronce les sourcils

Qui ne sont pas des arcs-en-ciel
« Tu es trop souvent dans la lune, poète
Allons, descends de ton nuage
Ne fais donc pas l'enfant, ce n'est pas de ton âge
D'être amoureux d'une comète »

La poésie est l'atelier de ma belle ouvrage
Mon royaume des cieux, répond le poète
J'y suis venu en cerf-volant
Porté par des courants d'air
Voguant vers ma terre promise
Moi, l'inutile, le vaurien,
Je vous voyais, lilliputiens
Vaquant à vos affaires,
A vos querelles et à vos marchandises »

Pourquoi n'épouses-tu pas une fille de chez nous »
Dit la foule en colère et fronçant les sourcils
« Elle te donnerait un fils,
Cette comète chevelue à la queue de sirène,

Ça n'est pas moralement correct ! »

Le poète étonné : « mais je l'aime
Nous avons une fille
C'est le plus beau de mes poèmes
Je ne l'ai vue qu'une fois et je fus ébloui,
C'était au soleil couchant
Je voyageais sur le dos d'un engoulevent,
Il me dit « si tu t'ennuies, poète,
Prends une de mes plumes,
Ecrire est ton métier, je crois,
Je vais voler en douceur »
Ainsi j'ai rencontré l'âme sœur
Un soir que j'écrivais
Sur l'aile de l'oiseau dans la coulée du vent

2002

Lu au Printemps des poètes Concarneau 2005

ALLER, VENIR, S'EN ALLER

Quand elle sentait s'ouvrir en elle la faille abyssale ; elle allait sur le champ à la recherche. Elle disposait de peu pour contenir le flot montant. Elle le trouvait à son bureau, dans ses écritures, ou dans la grange, occupé à un quelconque travail manuel, ou encore au verger, autour de ses fruits. Elle lui disait simplement : « Il faut y aller ».

Il interrompait alors son ouvrage, et ils partaient vers la grève. La mise à l'eau du Dibouk était rapide, leurs gestes, complémentaires, étaient précis et synchronisés. Elle prenait l'écoute de foc, Pierre celle de grand-voile et la barre. Le bateau hésitait, avant la rencontre du vent et de la toile, ils modulaient la pression pour quitter l'anse, louvoyaient entre les amarres, puis affermissaient leur allure pour gagner le large.

Maisons de pêcheurs, et villas dessinaient la côte en arrondi et s'enfonçaient dans leur décor de falaise et de sable. Selon l'humeur du temps, le Dibouk flânait ou surfait sur les vagues ; à ce moment-là, la déferlante intérieure pouvait s'abimer dans l'océan ; Naïk devenait une longue lame liquide, et ne faisait plus qu'un avec la mer. Son équilibre se rétablissait en douceur ; ses tempes se libéraient de l'étau, le vent assouplissait ses bras et ses jambes, de son ventre, goutte à goutte, s'écoulait l'angoisse. Ils naviguaient silencieux. Au retour, ils passaient non loin de l'île et de son unique maison ; avec sa casquette d'ardoises, ses volets mauves mi-clos, sa lucarne en clin d'œil, elle leur était devenue un repère familier ; à l'abandon depuis longtemps, elle était assaillie de fleurs sauvages et d'herbes folles. Naïk la visitait parfois la nuit, en rêve, mais elle avait toujours refusé d'accoster dans l'île et d'en franchir le seuil ; un jour viendrait, sans doute.

Quand ils rentraient chez eux après leur virée en mer, ils se mettaient à table, quelle que fût l'heure. Elle se sentait rincée à fond et légère. Pierre sortait une bonne bouteille. Ils parlaient de tout et de rien, reprenaient leurs projets de voyage. Parfois, elle mettait un disque de jazz, et ils dansaient.

Le soir, il la prenait dans ses bras.

****

Mais, il arrivait, quand la fracture s'entrebâillait, que Pierre fut absent. Alors elle allait dans la grange, sortait sa bicyclette, pédalait jusqu'à la plage la plus lointaine. Elle choisissait des chemins de traverse, étroits et sinueux, boursouflés de racines, elle n'évitait pas toujours les nids de poule ou branchage abattu par le vent.

Un jour, elle tomba dans les ronces et l'ortie. Elle se remit en selle, atteignit la grève, se déshabilla et, entièrement nue, se baigna comme d'habitude.

Le sel et l'eau de mer mordaient ses égratignures. En longues brasses coulées, elle se dirigeait vers l'île. Elle était inaccessible à la nage ; elle l'avait baptisée « l'île du non-retour ». Au tiers du parcours, elle faisait demi-tour, la fatigue ; la fatigue plombait ses muscles, mais sa tête était lavée et claire. Parvenue sur la rive, elle restait longuement sur le sable, à demi immergée. Elle reprenait son souffle en regardant les goélands, les nuages épars se rejoindre, se fondre , se défaire. Un vers gracieux, mais sans queue ni tête, lui revenait :

« Un ballet de mouettes dans un ciel de traine »
Cette plage était toujours déserte

****

Le jour où elle tomba dans les broussailles, elle prit des algues et les posa sur ses blessures en guise de compresses ; puis elle ramassa sur un rocher quelques lanières de goémon séché et s'en fit un bandage. Elle contempla ses bras et ses jambes, leur trouva une allure martiale dans leurs pansements kakis ; à moins qu'ils ne fussent les membres d'une naïade, ceints d'émeraude et de bronze sur un corps d'ivoire.

Le soir, en dînant dans la véranda, Pierre lui demanda :

- Que t'est-il arrivé ?
- Je suis tombée de mon vélo
Il regarda sa peau enflammée
- As-tu mal ? Veux-tu que je te soigne ?
- Non, ça va maintenant, je m'en suis occupée

Ils mangèrent en silence. Le crépuscule se faufilait dans le jardin, noyant les pins, attardant ses dernières lueurs sur l'arbre de Judée.

Il ne la prit pas dans ses bras, et elle alla dormir dans la chambre aux lits jumeaux.

****

Elle roulait de plus en plus vite, fouettée par l'urgence. De vallon en pâture, le bocage cascadait. Les paysages champêtres de son Argoat natal s'aplanissaient peu à peu avant de se fondre dans la lande littorale. Sans ralentir, elle fouilla dans son sac, vérifia la présence de sa clé. Elle avait soif. Elle passa en seconde pour franchir le portail et pénétra dans la cour. La voiture de Pierre n'était pas là. La façade nord de la maison avait quelque chose d'insolite. Elle se gara.

Les volets de la fenêtre, ceux qu'on ne fermait jamais étaient clos. Sa main tremblait en ajustant la clé dans la serrure ; elle s'y reprit à plusieurs fois ; la clé ne pénétrait pas dans l'orifice.

Elle fit le tour de la maison ; tous les volets du rez de chaussée étaient fermés. Elle revint à la porte d'entrée, s'immobilisa, puis de ses deux mains, lentement, guida la clé dans le trou de la serrure ; un obstacle bloquait sa pénétration. Pierre avait dû laisser la clé à l'intérieur.

Elle s'assit sur la margelle du puits ; sa montre marquait 7 heures. Silence et bruits familiers s'arcboutaient en un équilibre indécis. Elle remarqua une boursouflure à la jointure de son pied droit, sous la bride de sa sandale ; elle était là depuis un moment, mais elle l'observait pour la première fois ; elle ne lui faisait pas mal.

Si Pierre avait laissé sa clé à l'intérieur, comment avait-il fermé la maison ?

Les deux portes de la grange aussi étaient verrouillées. Elle se désaltéra à un robinet d'arrosage, fit couler l'eau sur ses pieds, ses mains, son visage. Puis elle contourna de nouveau la maison ; à l'étage la fenêtre du pignon, celle de leur chambre, était ouverte. Elle alla au verger dans l'espoir de trouver l'échelle à double portée qui servait à cueillir les pommes. Elle n'y était pas. Naïk eut soudain très froid.

Elle revint vers le pignon, observa la façade sud attentivement ; l'échelle était là, posée à l'horizontale sur la terrasse, appuyée au mur de la maison. Elle se rappela qu 'elle avait servi pour grimper dans le noyer.

Dans leur chambre, tout était en ordre depuis la veille. Le placard de Pierre était entrebâillé. Elle ouvrit la porte de son armoire, déplaça les pull-overs qui masquaient le miroir brisé, souvenir fétiche rescapé de son enfance, elle s'y regard et murmura : « ma femme bleue ».

Puis, elle descendit et se dirigea vers la porte d'entrée. Il n'y avait aucune clé ; elle tenta vainement d'y introduire la sienne dans la serrure.

Celle-ci avait été changée.

****

Quand elle arriva à la plage, elle se déshabilla lentement, plia ses vêtements avec soin, les rangea avec son vélo dans la grotte. La mer montait. La lune brillait dans un ciel encore clair. Elle s'allongea sur un lit de sable ceinturé de rochers, et attendit baignée d'effluves marines. Sa main rencontra un coquillage, il était oblong, creux, de texture zébrée ; elle le porta à ses narines, ferma les yeux. Le flacon de parfum ancré dans sa jolie boîte étirait ses pures arêtes jusqu'au goulot coiffé d'un bouchon ovale, opaque et sculpté. Depuis les années de leur jeunesse où Pierre le lui avait offert, il était là, intact, plus mordoré peut-être qu'autrefois. Le jour où il tomba, elle se dévêtit, écarta les éclats de cristal, s'étendit dans la coulée de parfum ; le cabochon avait résisté ; elle le caressa longtemps et les extrémités de ses doigts ressemblèrent pendant quelques jours à celles d'un fumeur. Elle l'avait précieusement rangé.

Quand les premières vagues l'atteignirent puis le recouvrirent, elle se leva et entra dans la mer. Elle se mit à nager en direction de l'île. Elle tenait toujours le coquillage. Le ciel était rouge comme un champ de cerises, il ferait beau demain. Un plaisancier rentrait au port. Elle pensa au Dibouk.

Plus elle s'éloignait du rivage, plus l'île semblait s'enfoncer dans la nuit. Grâce au clair de lune, elle maintenait son cap. A intervalles réguliers, elle se mettait sur le dos et laissait flotter ses pensées. Devrait-elle choisir entre la fatigue et le froid ? Il fallait apprivoiser les deux. Elle prit conscience qu'elle n'avait rien mangé depuis le matin. Au loin, les lumières de la ville scintillaient. Pierre était-il rentré ? La porte-fenêtre du salon était restée ouverte. Allongée sur la pelouse, gorgée de soleil, elle écoutait s'en échapper les impromptus de Schubert.
Elle récita le poème de Baudelaire :

> Dans tes bras en arceaux
> Tu étreins mon corps
> Dans ton corps en berceau
> Sommeille mon âme
> Dans mes jambes en fuseaux
> J'allume ton plaisir
> Où va donc ce cerceau
> Taillé en biseau
> Sur la ligne de fuite du désir ?

Elle nageait les yeux fixés sur la maison de l'île aux contours à peine discernables. La rumeur disait que son dernier propriétaire était une étrangère assez jeune qui y vivait seule. Elle venait sur le continent avec sa barque amarrée à un ponton derrière

chez elle ; on la voyait pêcher et cultiver son jardin. On ne cherchait pas à lui parler.
Deux enfants en dérive sur leur Optimist avaient un jour trouvé refuge chez elle ; ils s'y étaient restaurés et y avaient passé la nuit. Ils avaient raconté que la table pour manger était très petite et qu'elle voisinait avec un grand bureau couvert de livres, de feuillets et d'une machine à écrire. Ils étaient les seuls à l'avoir vue sourire, et devenus des hommes, ils en parlaient encore. Un printemps, la barque ne quitta plus le ponton. Son dernier message était manuscrit, à peine lisible.

« J'aimerais être enterrée dans l'île. Merci »

On le grava sur le rocher qui lui servait de pierre tombale.

****

Naïk ne nageait plus et flottait au gré des vagues. Elle avait perdu le coquillage. Le ciel s'était couvert et elle ne voyait plus l'île. Quelqu'un lui parlait à l'oreille ; c'était une voix familière, grave et juvénile : « Tu penches vers la vie, vers l'ouverture, et tu me trouveras toujours à tes côtés, même dans les moments difficiles. Je ne suis jamais très loin »

Elle sourit et répéta « Tu penches vers la vie, tu penches vers la vie ». Il lui vint un désir violent de respirer une fois encore une fougère froissée. Il lui sembla qu'une clarté naissait à l'horizon.

****

On retrouva son corps une semaine plus tard, au jusant, à la pointe de l'île.

Pierre l'identifia grâce à son alliance. A l'intérieur de l'anneau ouvert, le serment : « Naïk à Pierre, Pierre à Naïk «

La brume, en longues foulées blanches, marchait sur la mer.

Concarneau, Septembre 1992

NOCTURNE

Mon jardin de lune
Mon enclos de nuit
En dentelles brunes
En bain de minuit
Mon théâtre d'ombre
De soleils en deuil
Je te dis bonsoir
Debout sur le seuil
Du portail d'argent
J'écoute bruire ton silence
A la cime des pins, un bouquet de vent
Caresse les étoiles
Demain au balcon de l'aurore
Quand sonnera l'heure médiane
Au cadran solaire de l'été
Je te dirai bonjour, je te dirai adieu. « Goarem ar Mor », je quitte tes senteurs océanes
Tes oiseaux de mer, tes murs de pierres sèches
Tes hôtes de passage, de fantaisie, de tendresse
Mes compagnons de l'inutile
Je m'en vais en Argoat
Argoat, terre austère où se croisent
Archaïque pagaille
La route perdue de mon père
Les chemins balisés de ma mère
Mes itinéraires en broussailles

Juillet 1983

LE REVE DANS LE REVE...

Je vais vous raconter un rêve. Un rêve que j'ai fait avant-hier, moi, Simon de Kerdidré en Plouguer. Un rêve insolite, précis, qu'on n'oublie pas. Un rêve comme une plante qui a poussé en vous. Et après, il faut vivre avec.

Je marchais dans une forêt ; j'avançais sans but apparent, porté par une sorte de pulsion voilée.

J'étais seul. L'hiver était sur son versant. Le sous-bois était accidenté et sauvage ; parfois, la forêt s'arrêtait au bord d'un vallon calfeutré d'aubépines en fleurs. Le chemin traversait aussi quelques parcelles labourées : la terre fendue, ouverte, couleur de châtaigne, attendait les semis de printemps ; pourtant, nulle ferme sur mon passage, le lieu était désert et silencieux.

A un détour du sentier, je vis venir vers moi un couple jeune ; ils se tenaient par la main et marchaient d'un pas léger. La femme portait un jean et une tunique rouge ; l'homme était en costume trois pièces et chaussures de ville, la cravate relâchée sur sa chemise entr'ouverte. Ils me saluèrent au passage, hésitèrent, et l'homme me demanda où j'allais ; je lui répondis que je ne le savais pas, que je suivais la piste forestière. La femme me dit qu'à chaque anniversaire de la mort de leur enfant, ils faisaient tous les deux une promenade dans les bois ; ils se dirigeaient vers une clairière où fleurissait un jasmin d'hiver. Je me retournai pour les voir s'éloigner, aériens, à travers les branches.

Je marchais depuis longtemps, et la fatigue me gagnait. Je m'étendis sur la mousse, non loin d'une lisière ; la dernière image que je vis avant de sombrer dans le sommeil ressemblait à un tableau naïf : trois peupliers, alignés devant une énorme roche, dessinaient un éventail arachnéen ; sur une cime, se balançait une pie.

Dans ce sommeil, se nicha un deuxième rêve. Le chemin que je suivais s'achevait devant une rivière, un cours d'eau paisible que je choisis, sans trop savoir pourquoi, de remonter vers sa source. Sur l'autre berge, je vis soudain apparaître deux hommes et une femme qui débouchaient de la forêt. Ils me firent un signe, comme pour me dire bonjour, et l'un des hommes haussa la voix mais le bruit du courant ne me permit pas de le comprendre. Tous trois avaient un certain âge, cependant ils étaient très alertes ; ils devisaient gaiement et il y avait entre eux une complicité évidente. Nous cheminions en parallèle, ils m'associaient toujours à leurs échanges et je leur fis savoir que je ne saisissais pas les paroles qu'ils prononçaient.

Je m'arrêtai pour boire dans le creux de mes mains ; ils me firent signe de continuer comme eux à remonter la rivière ; celle-ci s'amenuisait, la marche devenait ardue. Nous parvînmes dans une sorte de gorge et ils s'assirent sur un rocher. Nous étions assez proches cette fois et ils s'adressèrent à moi de nouveau : ils parlaient une langue étrange, et je ne les comprenais pas ; pourtant, quelques timbres, certaines sonorités, évoquaient au fond de ma mémoire, des intonations lointaines et familières, leur accent surtout, réveillait des émotions enfouies. Ils virent mon désarroi, mon impuissance, et ils me regardèrent gravement, en silence. L'expression du plus jeune était sévère ; le visage de la femme était comme un livre ouvert, et, dans ses yeux, je lisais un appel ; les traits de l'aîné étaient sereins, avec un soupçon d'humour aux commissures des lèvres. Nous étions immobiles et semblions tous les quatre écouter le murmure gouailleur de l'eau sur les galets.

Et puis, la femme passa la main dans ses cheveux et sourit. Elle sortit de sa poche un papier et un crayon et se mit à écrire. J'observai qu'elle était gauchère et qu'elle alignait ses mots de droite à gauche sur la page. Les deux hommes l'entouraient et lisaient par-dessus son épaule. Elle plia le feuillet, prit une pierre, et défit le lacet de sa chaussure ; elle me regarda avec une pénétration indéfinissable, ficela sa missive sur le caillou et me le lança. Il tomba dans un fourré où je le retrouvai non sans mal, les mains rougies, et griffées par les ronces. Quand je me retournai, mes trois compagnons avaient disparu. Je libérai le message avec des gestes mal assurés : il était non seulement indéchiffrable, mais il était illisible.

Je n'ai aucune image du retour chez moi. La fin des deux rêves se superpose exactement. La voici :

Je suis dans le penty attenant à ma maison, là où j'abrite, dans un fouillis dont seul je connais les clés, des objets et outils divers et disparates. Je me frictionne le visage à l'eau froide, au-dessus de l'évier que surplombe un miroir défraîchi. Et puis, je me regarde dans la glace ; comme on observe un revenant. C'est moi, et c'est un autre ; je retrouve mes traits, mes cheveux bruns, mes yeux bleus, ce double menton naissant que je surveille, la jointure au grain très fin hérité de ma mère, qui relie mes tempes et mes pommettes et où je concentre l'amour de moi. Mais ce visage, avec lequel je vis familièrement depuis quarante-trois années est aujourd'hui empreint d'une expression nouvelle : il est un questionnement, une attente, il guette une imminence. Ma main va vers ma poche, je sors la lettre, je la déplie, je l'expose devant la glace ; je ferme les yeux, il me semble que tout bascule. Enfin, je lis le message :

"L'essentiel échappe à celui qui ignore la langue de ses pères. L'approche du mystère lui est impossible. Il est, pour toujours, un étranger dans son pays"

Mes mains tremblent, je suis pâle. J'ai traversé le miroir.

———

Il ne me fut pas très facile de sortir de ce double rêve. Je ressentis à mon réveil une intense fatigue. Je crus entendre le rire d'une femme onduler dans les massifs du jardin comme une boucle de cheveux qui se perd dans les plis d'un châle.

Je me frottai les yeux et me dirigeai d'un pas incertain vers la fenêtre ouverte ; les lueurs furtives de l'aube fardaient le ciel en douceur. Un couple de mésanges s'affairait dans le noyer.

Mars 93

LE TEMPS DE L'ARBRE

A l'aube du monde, après le chaos, il y eut la forêt. L'homme vivait de cueillette, de chasse et de pêche.

Avec les temps modernes naquirent les bourgs, les villes, le tout béton.

Enfin éclatèrent les grandes fêtes naturistes des hippies et le message prophétique des écologistes. Suivis du retour de bâton contre ceux qui combattent le progrès.

Où est le vrai ? Qui a raison ?

Au début, le temps se déroulait lentement, et chaque génération mettait ses pas dans ceux de la précédente. Puis les mutations se sont rapprochées, accélérées, et aujourd'hui tout va trop vite ; on se perd et on perd ses repères.

Mais, un beau jour, à l'improviste, un événement survient, un ouragan par exemple, on se réveille un matin (quand on a pu dormir !) sonné, hébété, désemparé, on retient son souffle devant le paysage saccagé ; dans la nuit, en nous-mêmes, une fracture s'est produite et on se dit que rien ne sera plus jamais tout à fait comme avant. Le temps s'arrête. Puis redémarre lentement. « Après », ça va être quoi ?

Quand on parcourt le beau Cap Sizun frappé de plein fouet par la tourmente, avec ses bosquets éclatés, ses collines dénudées, ses jardins et ses fermes meurtris, ces géants, ces gisants mutilés, déracinés, couchés dans les taillis et les fossés, sans sépulture, le cœur se serre (oh ironie du sort, les ormes morts, eux, sont toujours debout !)

Tristesse, impuissance, laquelle l'emporte sur l'autre ?

Ouragan Octobre 1987

QUEL TEMPS FAIT-IL ?

Quel temps fait-il ?
Il fait très beau,
Ainsi soit-il !

Quel temps fait-elle ?
Elle fait l'amour,
Ainsi soit-elle

Elle fait l'amour,
Il fait le beau
Est-ce le jour ?
Est-ce la nuit ?

Il fait soleil
La lune luit
Au milieu des étoiles
Le soleil éteint la lune
Qui ne se laisse pas faire
          Et s'éclipse

A l'aube,
Derrière les nuages,
La lune allume le soleil
          Qui flambe

Quelle heure est-il ?
Il est minuit
Il est midi.

Paris les 12/13-08-1995
A cheval sur minuit

LE NOM DE LA ROSE

A Madame LEURY, *juin 83*

Je ne le sais pas
            Pas encore
Le saurai-je jamais
Est-ce que je vais
Pas à pas
Graine close
Vers l'aurore
Vers son éclat ?

Le nom de la pervenche
C'est clair
C'est le bleu
Le bleu clair
De deux yeux bleus
Regard pervenche
Grave et doux qui se penche
Et m'écoute quelque part à l'autre bout de moi

Le nom de vos mains ?
Deux colombes
Blanches et légères
Un couple de palombes
De lumière

Tissant murmure et silence
Oubli et souvenance
Alliance et distance
Absence et présence
Et traçant dans la pénombre

Les contours de mon âme

Une brise tendue
Respire au jardin
Le jardin secret
Des soucis et des immortelles
Des impatiens et des regrets
Et moi, je crois entendre
Comme une soie froissée
        Le son
        Le ton
        Le nom de votre voix
Ainsi je vous vois
                Dans le clair-obscur
                Au clair de la lune
                Au cœur de la nuit
                Vigie sur mon navire à la voile affalée

LA PASSANTE DU PASSAGE

C'était le bel été. Amélia marchait sur le chemin buissonnier qui épousait les échancrures du rivage et dominait la mer. La fraicheur de l'air corsait les odeurs d'iode et de varech qu'elle respirait à pleins poumons. Peu de monde encore à Loch'Izella, cette plage de sable fin, de rochers bienveillants, rehaussée d'une dune soyeuse piquée de chardons bleus. A l'écart de la ville, abritée des vents dominants, elle avait ses habitués. Beaucoup d'enfants.

Amélia sortit son livre, ses revues, s'allongea sur son pagne, ferma les yeux. La mer montait ; tout à l'heure elle irait se baigner. La plage s'animait. Plus haut, des joueurs de boule donnaient de la voix. C'était le style jeune cadre, un rien bobo.

Elle sommeillait, savourant ce bien-être qu'elle ne trouvait nulle part ailleurs ; le soleil la pénétrait sans violence, dorait sa peau mate

Soudain, une escouade d'adolescents surgit des vagues, s'ébroua et s'affala près d'elle. Elle soupira, que faire d'autre que se résigner ?

- C'est qui pour « lequiséqui » ? demanda un garçon
- C'est mon tour, dit une fille
- T'as une idée ?
- Parfaitement

Mon premier n'est pas jeune
Mon deuxième n'est pas brun
Mon troisième n'est pas nu
Mon quatrième n'est pas blanc
(Précision, l'ensemble se décline au féminin pluriel)

Pour mon tout, vous avez le choix :

- Les pingouines font leur cinéma
- Ou, « le club cancan de loch Izella »

Corps en étoiles et têtes chercheuses, l'escouade alternait ruades et concentration
Enfin, « LANGUE AU CHAT » décréta l'unanimité
OK : « LES VIEILLES BLONDES AVEC DES MAILLOTS NOIRS »

HOURRAH ! S'écria le chœur
Un garçon siffla, une fille pouffa, une giclée de sable cingla Amélia.

Quand elle reprit sa lecture, nymphes et éphèbes s'étaient volatilisés. Elle se leva. La mer était fraiche. Elle nagea longtemps. Sur la dune, les seniors pliaient bagages. Sa montre marquait dix-huit heures. Elle leva l'ancre elle aussi. Le dernier « bobo » revint sur ses pas, vers elle. Il lui dit simplement : « Demain soir, à 21 heures, Place Duquesne ».

***

Il avait dit « Demain soir, à 21 heures, Place Duquesne ». Elle consulta un plan ; c'était en face de la Ville close, sur l'autre rive. Elle irait à vélo, prendrait le bac. C'était une navette bien utile, un chalutier miniature, rouge et vert, qui fonctionnait du matin au soir. Il y avait 24 places à bord, souvent moins de clients, et il acceptait aussi les bicyclettes sans supplément de prix. La traversée durait une minute et demie.
Est-ce la monotonie de ces allées et venues qui rendait tellement taciturne le passeur ? Il ressemblait à l'allumeur de réverbères

de la planète du Petit Prince. « Bonjour, Au revoir » ! C'était un métier d'automate. D'autant plus injustifié et irrespectueux de sa personne qu'un circuit élargi eût permis d'accoster en centre-ville et même au Fort et à la pointe de la presqu'île. Le barreur aurait été de surcroit un guide pour les touristes. Il aurait fallu une deuxième navette, ça aurait créé un emploi. La ville, dont les transports en commun seraient devenus maritimes, en partie tout au moins, eut gagné une notoriété gratifiante.

****

Amélia avait de l'avance. Elle était seule sur le bac, avec son vélo. Elle acheta son ticket. L'homme avait un air sinistre. En débarquant, elle lui dit d'une voix douce : « Bonsoir Commandant ». Il se tourna vers elle, l'œil éteint. Elle lui sourit : « Dur de travailler un soir de finale ». Il n'y avait personne d'autre à embarquer. Elle rencontra ses yeux : des écailles. Et, fugacement, une étincelle s'y alluma. Il répondit très bas, sans la regarder « Bonne soirée ».

Elle monta à pied le raidillon où s'exhibaient les impudiques toilettes publiques, et attacha sa bicyclette à un banc. La Ville close était une île amarrée à tribord au port de pêche et à bâbord au port de plaisance ; l'un et l'autre avaient son pré carré de territoire marin auquel se mêlaient les eaux douces de la rivière.

La place Duquesne était vaste et de belle proportion mais d'aspect médiocre. Bitumée, habillée de quelques feuillus sans caractère, elle servait de parking, surtout aux camping-cars. Sa situation, à l'entrée du port, face à la Ville close, était unique. Amélia imagina un amphithéâtre orienté vers la scène que constituait le quai suisse au pied des remparts. Site naturel, traversé par un chenal, c'était un lieu fait pour la fête, des spectacles, des marchés, des banquets nocturnes. Peut-être un musée de plein air.

La jeune fille revint sur terre. C'est à dire dans sa vie. Etait-elle dupe d'elle-même ? Le rêve était là pour tromper l'attente. L'attente nécessaire. Les cinq dernières minutes. Le choix : rester ? Partir ? Risquer l'oscillation du destin ? Il lui voulait quoi ce type, enfin ?

Il n'y avait personne sur la place. C'était le Dimanche de la finale de la coupe du monde, le pays avait la fièvre.

***

Pourquoi lui avait-il fixé rendez-vous un tel soir ? Elle ne savait rien de lui. Elle le voyait l'après-midi à la plage avec des amis. Ils nageaient, se roulaient dans le sable pour se sécher, jouaient au volley, ou au tarot. Lui se prénommait ALEXIS. Leurs regards s'étaient frôlés plusieurs fois.

Hier, elle était venue seule et plus tardivement pour se baigner à marée haute. Quand leur petit groupe avait plié bagage il était 7 heures ; elle avait levé l'ancre, elle aussi, Alexis bouclait son sac le dernier. C'est alors qu'il fit quelques pas vers elle et qu'il lui dit d'un ton neutre en la regardant : « Demain soir, 21 heures, place Duquesne ». Elle ne répondit pas. Sur le coup, cette phrase lui parut naturelle. Quand elle avait enfourché son vélo, la joyeuse bande avait disparu dans un repli de la dune.

***

A part deux ou trois maisons, l'ensemble du bâti qui bordait la place n'avait rien de remarquable. A y regarder de plus près, s'étirait une curieuse bâtisse plate sans étage, percée de petites fenêtres régulières. Amélia s'approcha ; sur l'enseigne délavée, on pouvait encore lire un sigle suivi de « fabrique de filets ». L'immeuble était à l'abandon, plusieurs vitres étaient brisées mais il avait un certain caractère. Elle entra dans le terrain vague qui bordait le pignon ; à tout hasard poussa une porte ; elle s'ouvrit en grinçant. L'intérieur était sombre, humide et paraissait immense ; il y régnait une odeur de moisi et de chanvre. Témoins dérisoires d'un passé industrieux, quelques filets en lambeaux trainaient çà et là. Un vol d'oiseau la fit sursauter. Détritus et toiles d'araignée, repaires de chauves-souris, signaient la désolation de l'endroit que la nuit devait peupler de revenants.

***

Quand elle revint sur la place toujours déserte elle reconnut la silhouette d'Alexis. Il lui tournait le dos ; elle arriva sans bruit à son niveau.

- Bonsoir, dit-elle
- Ah, vous êtes là !
- J'ai fait la connaissance des lieux

Silence

- Vous n'êtes pas de ce pays, mais vous y viendrez
- J'y suis déjà. Pourquoi ne regardez-vous pas, comme tout le monde, la finale de la coupe ?
- Faut-il être comme tout le monde ?
- Alors qui êtes-vous ?
- J'ai un enjeu plus important que la finale, ce soir.
- Avez-vous parié sur les résultats ?
- J'ai fait une sorte de pari, en effet.
- Et qui va gagner ?
- Il s'agit d'un autre challenge
- Qu'ai-je à voir là dedans ?
- Voulez-vous m'épouser ?

Le silence tomba. Un silence de juste avant le commencement du monde.

***

- Vous ne me connaissez pas, dit la jeune fille
- Oh si ! Je connais votre démarche, votre façon d'entrer dans la mer, votre visage et vos mains quand vous lisez. Je vous ai vue aussi jouer dans le sable avec un enfant. Et, hier, vous vous êtes attardée près d'une vieille dame, sur un banc. Ça fait beaucoup.
- Mais vous m'espionnez !
  Il sourit.
- Alors, quittons les apparences. Quelqu'un qui lit « Paroles » de Prévert et « Lettres à un jeune poète » de Rainer Maria Rilke ne peut m'être totalement indifférent
- Elle le regarda gravement
- Je m'appelle Amélia
- Je sais. Mon prénom est Alexis
- Je sais
- La couleur de vos yeux, je ne la connais pas encore, mais les inflexions de votre voix sont plus importantes
- J'ai 25 ans
- Et moi 30 ! Mais l'état civil, c'est plutôt secondaire, non ? Un peu superflu
- Comment cela ?
- Disons, pas primordial. Votre carte d'identité m'importe peu. Vous n'êtes pas un élément d'une catégorie, d'un tout.
- Qu'est ce qui est primordial ?
- D'être ici ce soir. Seuls. Seul avec vous.

La nuit montait sous un ciel pommelé rose et gris. Un chalutier sortait du port. Un couple d'hirondelles de mer dessinait à contrejour une calligraphie savante. Ils se mirent à marcher vers le sentier côtier et atteignirent le bois du Porzou.
En contre bas, un voilier était au mouillage.
Amélia murmura : « Le soleil accroché à la rouille d'un mât allumait des lanternes dans les eaux sous-marines »

- Ils sont beaux ces vers, dit Alexis ; ils sont de qui ?

La jeune fille ne répondit pas
Ils revinrent sur leurs pas. Ils étaient silencieux
Enfin, Amélia dit :

- Vous me paraissez bien sûr de vous
- C'est vrai. Je n'en tire aucune prétention. Mes intuitions se vérifient souvent.
- Pour se marier, il faut être deux !
- Mais nous sommes deux !
- Qui vous dit que je vais accepter ?
- Rien, objectivement. Mais je le sens.

Ils s'arrêtèrent et se regardèrent face à face.

- Peut-être avez-vous les yeux violets, comme le crépuscule ? Votre coupe de cheveux me plait : une oreille dégagée et l'autre à l'abri ; une pour écouter et l'autre pour se taire.
- Etes-vous sorcier ?
- Qui sait ? Pourquoi cette question ?
- Beaucoup de questions nous séparent
- Nous séparent ou nous réunissent ?
- Certaines n'ont pas de réponse
- C'est vrai. Il faut parfois du temps. Et même avec le temps…

- Il y a aussi le mystère
- Heureusement !

***

Ils arrivaient à l'embarcadère

Le passeur, sans client, écoutait la radio sur sa barque amarrée au quai. A 22 heures 30, il pourrait rentrer chez lui recueillir les miettes de la folle journée.

Alexis et Amélia s'assirent sur un banc, face au chenal. Les réverbères allumés donnaient du relief à l'ordonnancement irrégulier des façades.

Ils contemplaient les étoiles.

Soudain, d'une fenêtre ouverte, s'échappèrent les notes d'un piano,

- Les « Variations Goldberg » dit Amélia

Il sourit : « ce quartier recèle des talents cachés »

Elle ferma les yeux. Alexis la contempla longuement.

- Chaque fois que je viens ici, dit Alexis, je veux ressusciter cette place ; elle fut le cœur d'un vieux village de pêcheurs ; il était plein d'activités, de traditions, de réseaux de voisinage, de petits métiers liés à la pêche. Ses habitants étaient soudés, plus qu'ailleurs, par les drames de la mer et par la solidarité.
- On ne fait pas revivre le passé, répondit Amélia, sauf à créer du folklore
- Bien sûr. Il ne s'agit pas de cela. Mais regardez cet ancien atelier de filets. C'est le seul vestige industriel de la ville. Le dernier témoin. Il faut le sauver. En faire un lieu de mémoire, de culture vivante.
- Pensez-vous que ce patrimoine soit en danger ?

- Il menace ruine. Mais il y a pire : il aiguise certains appétits ; les croquants sont à l'affut à l'orée du bois.

Ils restèrent silencieux. La jeune fille reprit :
- Quelle respiration ce serait pour la Ville close si au débarcadère toutes ces maisons se réanimaient : bistrots, restaurants de fritures, boutiques d'artisans, l'échoppe d'un bouquiniste…
- N'oubliez pas les peintres !
- C'est aussi le pays des pierres, du granit ; pourquoi pas un atelier ou un musée de plein air ?
- Vous ne connaissez pas l'entrelacs des ruelles intérieures. Peu à peu les maisons sont retapées, certaines façades crûment fardées parfois à l'irlandaise. Ici, il faudrait abattre ces arbres imbéciles pour dégager la vue sur la ville close et le trafic portuaire. Replanter en retrait, pour l'ombrage, quelques belles essences. Cette place a une vocation, c'est clair. D'où naitra son rayonnement.
- Etes-vous bâtisseur de ville ?
- Je suis architecte urbaniste.

Ils se turent à nouveau.
L'âme d'un lieu, comme l'âme d'un violon, c'est une alchimie.

***

Lorsque la rumeur naquit et se propagea, Alexis se leva et lui tendit la main.

C'est le signal, nous devons nous quitter.
- Ce quartier a-t-il un nom ? demanda la jeune fille
- Il s'appelle « Le Passage »
- Le Passage…murmura-t-elle en écho
- Puis je vous raccompagner ?

- Non, je préfère être seule, merci. Mais indiquez-moi le chemin, le bac a fini sa journée
- Suivez la mer au plus près, le port vous ramène en ville.

Ils se regardèrent à nouveau, et il s'inclina légèrement
- Bonsoir Amélia
- Au revoir, Monsieur l'architecte

Elle détacha son vélo, posa le pied sur la pédale, et, soudain, elle revint vers lui
- Est-ce que les habitants du Passage s'appellent « Les Passagers » ?

Leurs sourires s'épousèrent.
Il la suivit des yeux, traversa la place et s'enfonça dans les ruelles obscures.

Concarneau le 5 Août 1998

VARIATIONS D'AUTOMNE

6/1/2012

Pauvre main
Couleur de raisin
Couleur de chagrin
Tu étais ivoire
Fragile parchemin
Une feuille d'érable ocrée à l'or fin
S'est posée sur toi
Pourpre oranger
Rehaussé de brun
Automne flamboyant d'un été forclos

Temps de la vendange au parme profond
Nouveaux stigmates posés sur ta peau
En timbre délicat
Mes bras sont deux palettes
Perforés d'aiguilles vampires
Qui ne sont pas de pin

Qui tient le pinceau ?
Y a-t-il un dessin
Gravé dans le marbre ?
Un dessein à déchiffrer ?

Ta main en coupole posée sur la mienne
Feuille de vigne et terre de sienne
Nos doigts entrelacés tressant une prière
Vers un ciel ombrageux jaloux de ses mystères

Je marche sur la crête du temps
Le temps aléatoire d'une longue patience

TREMEUR

Il avait été conçu par une nuit d'insomnie et de tempête. L'insomnie, c'était sa mère, assez familière de ces accros dans son sommeil. L'ouragan, c'étaient les éléments déchainés soufflant avec superbe et qui avaient réveillé le père.

Le père vivait en connivence avec les humeurs de la nature. Il sentit que sa femme ne dormait pas. Il posa sa main sur son ventre et écouta leur désir monter et s'enfler dans les spirales du vent et les déferlantes de la grève. Sa mère le lui avait raconté à mi-mot, il y avait bien longtemps. Il était fils d'insomnie et de tempête.

Il s'appelait Trémeur, et vivait en bonne intelligence avec son prénom. Il ne connaissait personne qui se prénommait Trémeur, bien qu'une charmante chapelle du canton fut dédiée à ce saint. Dans le village et dans les alentours, on avait presqu'oublié son patronyme. Il n'y avait qu'un Trémeur, c'était lui.

Cela lui avait permis de développer sans complexe sa singularité profonde qui se caractérisait par un mélange de clarté et de force. C'est vrai que ce fils du pays ne ressemblait à personne. C'était d'autant plus remarquable que les autres, de dos, de face, de biais ou de profil, s'apparentaient entre eux par leurs mentalités et leurs comportements ; ils étaient tous plus ou moins cousins, pour le meilleur, et surtout pour le pire.

Sa différence ne valait pas que des amis à Trémeur, on s'en doute, mais quoi, dans ce bocage du bout du monde, chacun, peu ou prou, détestait tout le monde, ouvertement parfois, mais le plus souvent par en dessous. Ces inimitiés ne le préoccupaient pas beaucoup ; il se savait fils d'insomnie, ces plages en clair-obscur où vagabondaient les rêves de sa mère, et fils de la tempête paternelle et cosmique. De cette double filiation, il tirait son assurance, nimbée d'une sorte de halo.

*

Il vivait seul. Son fils Yvon travaillait et demeurait au chef-lieu de département ; on disait qu'il avait un bel avenir. Ses parents étaient morts depuis longtemps.

Sa femme aussi était morte ; « des suites d'une longue maladie » comme ça avait été écrit dans le journal. La vie de Trémeur avait explosé dans le dernier regard de Ninon. Le lendemain de l'enterrement, il était parti très tôt en mer. Quand il était revenu, à la nuit tombante, il était calme. Il était descendu dans son atelier, était remonté avec un verrou de sûreté qu'il avait installé sur la porte de leur chambre. Il avait regardé une dernière fois le cadre familier, l'armoire bien cirée, leur photo de noces sur la cheminée, la pendule arrêtée qui marquait six heures moins dix, le lit recouvert de sa courtepointe au crochet. Il avait pris sur la table de nuit le livre interrompu, vérifié la carte postale qui marquait la page. Puis il avait quitté la pièce, l'avait fermée à double tour et mis la clé dans sa poche. À partir de ce jour-là il dormit dans la chambre qui ouvrait à l'ouest.

*

Le surlendemain, il retrouva son jardin. Il entreprit de traiter ses pommes de terre, tâche qui, avec l'évènement, avait pris du retard. A travers la haie, il entendit ses voisins qui, une fois de plus, se querellaient sans vergogne.

Trémeur aimait bien donner des sobriquets aux gens. Il avait surnommé ces deux-là « Bécassin » et « Bécassine » ; non en raison de leurs éternelles prises de bec, ça n'avait rien à voir, Ils n'avaient pas non plus une apparence ancillaire, ils portaient même beau et se donnaient quelque allure bourgeoise dans leurs atours bien coupés, faussement simples et vraiment coûteux ; en cela, ils ne manquaient pas de mérite, étant tous deux de souche populaire. Leur demeure n'était pas non plus celle d'un couple de valets ; ils s'étaient hissés avec ténacité dans l'échelle sociale et avaient fait bâtir et aménager une maison de caractère ; vaisselle et meubles de style, lampes et tableaux avaient été patiemment acquis dans les brocantes et les ventes aux enchères. Ayant donné congé à l'héritage des ancêtres, ils pouvaient, en paix, fréquenter « la haute ».

Trémeur n'était allé qu'une fois chez eux. Leur ayant rendu service à leur arrivée, il avait trinqué avec eux à la cuisine ; ils n'avaient pas invité Ninon. Ce jour-là il avait le temps, et pressentant que ce serait la première et la dernière fois, il ne s'était pas pressé de vider son verre. Il se laissa resservir et remarqua qu'ils buvaient sec ; leur vin était très bon. Elle donnait les ordres ; lui, les accomplissait avec des simulacres de rebuffades, ah mais ! On allait voir ce que l'on allait voir. C'était tout vu : elle rugissait, il rampait. « Nom de dieu de nom de dieu » tonnait-elle. Elle affichait une désinvolture féministe et libertaire et exhibait comme un fleuron un parler vert et dru. Lui, suivait comme il pouvait, agitant sa grisaille sur fond de basse continue. Trémeur, imperturbable, continuait à prendre son temps, et les observait avec intérêt. Il remarqua la pépite de mépris qui s'allumait dans le regard de la femme quand elle le posait sur son mari. Il semblait avoir été invité à un spectacle.

Cette première et unique visite ne lui avait pas inspiré, sur le coup, le surnom qu'une mitoyenneté quotidienne ferait naître un matin avec évidence : « Bécassin et Bécassine au pays »

*

Depuis qu'il dormait dans la chambre de l'ouest, Trémeur avait parfois des insomnies lui aussi. Il les avait apprivoisées et pensait que ce n'était pas la part la plus futile ou la plus ennuyeuse de son temps. Il appelait cela « vivre avec la nuit »

Sauf en hiver il ne fermait presque jamais ses volets et fenêtres. Un pré carré d'étoiles, les nuages et turbulences, la première respiration de l'aube, composaient le théâtre vaporeux de ses chimères. Rêve en éveil, rêve en sommeil, voyaient passer la silhouette cambrée de Ninon, les traits de sa mère se superposaient sur son visage en profil perdu. Parfois leurs voix dialoguaient mais il ne saisissait pas leurs paroles.

L'été il participait aux festivités diurnes ou nocturnes des voisins. Bon gré ou mal gré. Ça y est, se disait-il, les « capitalistes » ont débarqué (il ne disait jamais les « parisiens »). A la belle saison les résidences secondaires 'ouvraient. Certaines d'entre elles abritaient du beau linge. Un acteur célèbre, un Secrétaire d'Etat, une star de la télévision, et leurs suites, honoraient de leur présence vacancière quelques hameaux des environs. Ils y avaient restauré à grands frais presbytère désaffecté ou fermette à l'abandon. Les artisans locaux appréciaient et leur parlaient avec déférence. Les personnalités en question protégeaient avec nuances leur incognito ; pour faire simple, la plus en vue, descendait au marché en short et charentaises ; parfois, on la voyait, avec un élu local, dans un bistrot du port.

Trémeur qui aimait sillonner la campagne à vélo, connaissait son terroir comme sa poche. Il voyait ainsi revivre pentys et moulins, affublés parfois d'une piscine ou d'un court de tennis. Il faisait souvent une pause à l'ombre d'une chapelle ; elles étaient nombreuses, ces belles au bois dormant dans leurs placîtres ; seraient elles le dernier patrimoine vendu à l'encan ? Trémeur n'était pas homme de foi et il regrettait de ne pas pouvoir prier le Saint du lieu, pas même St Trémeur son patron, pour que la grâce vînt revisiter ces vieux sanctuaires.

*

Ce soir-là, on réceptionnait par-delà la haie. Bécassin était dans tous ses états ; tout l'après-midi, il avait reçu ordres et contre-ordres, et manifesté la rébellion coutumière qui, à ses yeux, sauvait son honneur. Il trottait de la cave au jardin et était descendu plusieurs fois à la ville ; dans la soirée, il avait fait deux navettes pour aller chercher certains invités dans leur campagne ; parmi ceux-ci peu de gens du cru, à part quelques notables, mais surtout des « capitalistes ».

Beaucoup d'eau avait coulé sous les ponts depuis la mort de Bécassine, l'aïeule ; la province ne montait plus servir à Paris. Les habitants fortunés de la capitale se faisaient servir en province, à l'occasion de leurs vacances. Les plus malins , les plus avides de parade parmi les « nés natifs » des alentours, avaient si bien réussi dans les entretiens de jardin , de piscine , de vélo , dans leurs conseils sur la vie locale , les bonnes adresses

, les maires fréquentables , que non seulement ils ne se faisaient pas payer, mais invitaient de surcroît les célébrissimes chez eux ; ceux-ci , ma foi , ne crachaient pas dans la soupe. Tout cela coûtait fort cher en argent, tracas et fatigue ; mais quoi, être vu en belle compagnie, boire et ragoter avec le gotha parisien, quelle ivresse sans prix ! Bécassin repartait travailler entre deux vacances car il fallait bien payer les factures ; parfois même, ne prenait-il pas de vacances du tout. Alors, Bécassine pourvoyait à tout, débordante d'ardeur et d'ingéniosité pour plaire à ces maîtres d'un nouveau type et frémir de fierté d'être à « tu et à toi » avec eux. Les agapes estivales étaient si débordantes dans le jardin d'à côté que, de chez lui, Trémeur était condamné à la fête. C'est lors de la première beuverie, aux accents serviles de leur rire libéré de toute pudeur, qu'il surnomma ses voisins « Bécassin et Bécassine ».

Malgré la chaleur, il s'enferma chez lui dès les premiers éclats de voix. Il avait fait une bonne pêche, le matin, avec Théo surnommé « Mitaf ». Il s'occupa à préparer son poisson pour la congélation. Après dîner, il s'attarda à une partie d'échecs avec son ordinateur. Il perdit. Il monta se coucher vers minuit, et ferma la fenêtre de sa chambre. Il lut durant une bonne heure, marqua sa page avec la carte postale. L'écriture comme un souffle : « Je me sens mieux. J'ai hâte de rentrer. Je pense à toi. Je t'embrasse fort et doux. Ninon »

De l'autre côté des thuyas, le calme était revenu. Il se leva pour ouvrir la fenêtre. Le clair de lune sculptait parterres et massifs. En bas, le chœur des vagues annonçait un changement de temps. Un feulement recouvert d'un rire étouffé lui parvint. Le droit et le devoir de cuissage faisaient encore des heureux. Trémeur se mit à rire.

*

Une voiture s'arrêta dans la cour. Quelqu'un frappa à la porte. Trémeur sut que c'était lui. Lui, Yvon. Il ne prévenait pas de son arrivée ; ils trouvaient tous deux que c'était mieux ainsi. Quand son père n'était pas là, Yvon trouvait la clé à l'endroit habituel, dans le mur de pierres sèches. Il faisait un tour de jardin, puis entrait et lisait le journal.

Du plus lointain qu'il questionnât sa mémoire, presque rien n'avait changé dans la maison. Il n'y avait plus de plantes vertes ; une brassée d'épis dans une jarre de grès remplaçait les fleurs coupées que disposait sa mère ; les meubles de bois fruitier avaient un peu perdu de leur éclat. La seule photo le représentait à l'âge de huit ans, sur son vélo, un pied à terre, près de son grand-père assis sur le bord du puits.

Ils s'embrassèrent joyeusement et Trémeur se mit à préparer une omelette aux lardons ; avec un peu d'ail ; il assaisonna une frisée du jardin et répartit dans deux coupes les framboises cueillies à la fraiche. Yvon avait acheté pour son père le dernier disque de Maurice André à la trompette ; il lui racontait son travail à la ville, les copains, les sorties ; Trémeur parlait de la pêche, avec ou sans Mitaf, des enterrements de la semaine, des travaux du potager. Ni l'un ni l'autre n'accordait trop d'importance à ces préludes rituels ; l'essentiel se passait quand, après avoir desservi la table, ils disposaient l'échiquier.

Ils jouaient en silence jusqu'à une heure avancée ? Pour la forme, Trémeur proposait à son fils de rester dormir ; mais il savait que depuis la mort de sa mère, il n'avait jamais voulu retrouver son ancienne chambre. Son père avait cru deviner que ce n'était pas pour des raisons de sommeil mais de réveil. Il n'insistait pas.

Il raccompagna Yvon jusqu'à sa voiture. Leurs derniers gestes leur semblaient comme dans un film au ralenti. Il dit : « Merci pour le disque ; allez, rentre, sois prudent ». Il suivit des yeux le point lumineux, revint chez lui et ferma la maison ; il tira les rideaux et alluma la platine laser.

Cette nuit-là, il rêva qu'Yvon revenait chez lui à pied ; il tenait par la main une petite fille, elle avait des pommettes hautes et de grands yeux verts.

*

Trémeur était de l'autre côté de la haie ; il était venu rabattre les branches de thuyas qui passaient chez les voisins. Il avait fort à faire pour finir avant le soir. La femme était seule ; elle avait paru surprise en lui ouvrant la porte mais l'avait reçu avec sa volubilité habituelle ; en cours d'après-midi elle lui proposa à boire ; il dit qu'il voulait bien une carafe d'eau ; quand elle la lui apporta, il remarqua la profonde échancrure de son corsage. Elle lui suggéra de faire une pause et de lui montrer son jardin.

Celui-ci était assez vaste et sophistiqué, sa pente naturelle était compensée, ça et là, par des coins terrasse reliés par des escaliers. Beaucoup d'arbustes rares y étaient plantés, pas toujours adaptés à la nature du sol ou à l'ouverture au vent du large ; on les renouvelait donc régulièrement ; sur une pièce d'eau poussaient des nénuphars. L'emplacement des arbres avait été choisi en fonction de la complémentarité de leurs feuillages.

Cette visite retarda son travail et la nuit tombait quand il repassa par la maison. Elle insista pour le faire entrer et ferma la porte. Alors, Trémeur rencontra son regard fixe et brillant ; elle fit un pas vers lui, lui prit la main, la posa sur sa poitrine, lui transfusant les ondes brûlantes de son corps. Elle murmura : « Tu es bel homme, est-ce que tu le sais ? « Oui, il savait ; il le savait depuis longtemps ; depuis son adolescence réfléchie dans l'armoire à glace de la chambre ; depuis ses premières ardeurs d'homme ; depuis sa rencontre avec Ninon. Il était bel homme ; et, de surcroît, il était beau. Ça aussi, il le savait. Comme Narcisse au-dessus de la rivière, il avait miré pendant vingt-quatre ans son visage dans l'eau verte des yeux de Ninon. Soudain, il vit celle-ci flottant dans un de ces amples tee-shirts aux impressions tropicales qui lui tenaient lieu de chemise de nuit ; elle riait, elle avançait avec cette légèreté et cette drôlerie sur lesquelles l'âge n'avait pas de prise.

Trémeur revint à lui. Il recula, dégagea sa main, regarda la femme avec attention. Il vit son visage basculer et elle jura sourdement. Il sortit vivement sans avoir prononcé un mot.

*

L'automne était frais. Dès le matin, il préparait le bois dans la cheminée. Quand il rentra chez lui, il frotta l'allumette et se fit un café. En écoutant craquer les bûches, il revoyait la scène et sentait monter en lui une pulsion inconnue. Une lueur intense naquit tout à coup dans ses yeux ; Il sortit, et rapporta de la grange la branche faîtière d'un pin curieusement enrubannée d'une espèce de résille blanchâtre. Il l'avait coupée quelques jours plus tôt, ayant décelé la présence d'une chenille processionnaire ; son œuvre de mort avait déjà commencé sur l'arbre, la garce !

Il la posa sur les chenets et s'assit en face, à califourchon sur une chaise, les bras croisés sur le dossier ; une flamme hésita, s'élança, en caressa les contours, consuma les aiguilles en crépitant, lécha la résille visqueuse et s'éteignit. Trémeur sut que le supplice aurait une durée convenable. Un filet de fumée opaque traduisait le réchauffement de la branche. Il décida de préparer son repas. Peu à peu, la sève se mit à bouillir sur les moignons sectionnés ; il revint vers l'âtre ; la résille rétrécissait ; brusquement, une sorte de lance flammes incendia le foyer.

L'immonde chenille apparut, lovée dans un angle. Trémeur la vit se rétracter, se tordre, noircir, tomber sur un brandon, briller quelques secondes comme une escarboucle ; Consumée.

Il avait la gorge sèche, mais ne pouvait quitter des yeux les braises. Enfin, il se servit une bière et s'étonna alors d'être si fatigué. Il regarda l'échiquier, le roi, la reine, prit le fou entre ses doigts. Il choisit d'écouter « le dernier sommeil de la Vierge » de Massenet ; en musique, il aimait plus que tout le violoncelle ; quand il monta dormir, le feu était mort.

*

Ils relevèrent les casiers, puis allèrent jeter les filets au nord-ouest du Chaudron. Le bateau pivota et ils revinrent vers la côte. Les cafés du port s'animaient.

- Ton voisin est mort, tu le sais ? dit Théo qui tenait la barre Trémeur, un tourteau à la main, regarda Mitaf.

C'était donc ça, les allées et venues de la nuit !

- L'ambulance l'a emmené à l'hôpital. On dit que c'est le cœur.

Ils restèrent silencieux.

- Je l'ai vu avant hier, reprit Théo, à l'inauguration de la nouvelle jetée. Sa femme et lui encadraient une de leurs vedettes. A la fin du discours, ils se sont faufilés jusqu'au député. Il n'est pourtant pas de leur bord ; pour autant qu'ils soient d'un bord, en dépit de ce qu'ils disent ; enfin, bref, ils lui ont présenté leur invitée ; celle-ci a fait un bout de révérence et ils étaient tout sourire. L'élu ne les connaissait pas, et il a paru surpris. Moi, j'ai trouvé la scène si cocasse que je me suis mis à rire. Mes voisins m'ont regardé d'un air entendu. Bon, je ne le fréquentais guère, mais on dit que c'était plutôt un brave homme. Tu sais, quand on est mort…

- Oui, un brave homme, répéta Trémeur, rêveusement. Mais il était petit ; petit en tout ; sauf… Il n'acheva pas
- Il se crevait à la tâche, à ce qu'on dit. Tu sais à quoi il me faisait penser ?
- Non, dit Trémeur

-A la grenouille qui voulait se faire aussi grosse que le bœuf. Il aurait dû se rappeler La Fontaine ; l'envie l'a bouffé.

Ils étaient de nouveau pensifs ; enfin, Trémeur murmura :

- Sa femme, l'envie, c'est ce qui la fait vivre

*

Ils arrivaient au mouillage. Trémeur amarra l'embarcation et attira vers lui le canot annexe. Le soleil levant allumait des torchères dans les nuages. Au loin, une goélette signait l'horizon.

Concarneau Janvier 1993

DE MA GLORIETTE

Sur sa haute tige
Guimpée de taffetas vert pomme

LA ROSE

Que besogne l'abeille
Ivre d'effluves et de lumière
Paupières mi-closes

A l'orée de la nuit
Se repose
De la fatigue du soleil
Et sur un pan de crépuscule
L'abeille signe son envol

MOTS CROISÉS

Il était 7 heures. Non pas de l'aube, mais du crépuscule. Comme chaque jour, ou presque, Eva prit son filet, tira la porte de la maison et s'en fut par le sentier descendant.

À cette heure-là, en cette saison, elle ne rencontrait pas grand monde. Elle connaissait tous les habitants du village, mais ne fréquentait personne. Quelques services entre voisins, des paroles sur le temps, formaient l'essentiel de ses relations. Parvenue au creux de la combe, elle passa un ruisseau qu'enjambait une pierre plate. Puis le chemin grimpait sur l'autre versant et se terminait sur un terre-plein. Elle longea le chantier ceinturé d'une palissade ; les engins, jaunes, rouges, bleus, armés de dents, de mâchoires, les camions, les grues avec leurs bras télescopiques et leurs nacelles, avaient fini leur ouvrage ; ils ressemblaient à d'énormes insectes assoupis : des hannetons, des libellules, des coccinelles.

Elle passa devant la cabane du gardien qui préparait son repas ; les épices, l'odeur d'un kebab, lui rappelèrent Istanbul. À droite, une route en mauvais état desservait pour la dernière année, un réservoir à voitures. À travers la lande maculée, piétinée par la foule de l'été, elle biaisa parmi les roches affleurantes, évitant l'espace boutiques et ses enseignes désolées.

D'un pas sûr, elle retraçait chaque soir le même labyrinthe et atteignait la grotte. La chaise de toile était là, basse, pliée ; elle la ramenait vers le jour, s'asseyait et enfin, regardait la mer.

Ce n'était pas vraiment une grotte ; plutôt une belle anfractuosité coiffée d'un dolmen en surplomb, comme d'une casquette de granit à large visière. Elle défit le dernier bouton de son cardigan, sortit son tricot du filet, et reprit son ouvrage là où elle l'avait laissé la veille. C'était une chaussette d'enfant ; elle en terminait la jambe faite de rayures vives et abordait le pied qui serait gris. Elle avait rassemblé tous les restes de laines des tricots anciens ; les rayures seraient régulières, mais les couleurs asymétriques ; la pelote grise suffirait, elle, à tricoter deux pieds identiques. Elle piqua la cinquième aiguille dans son chignon et se mit à répartir les mailles pour commencer le talon.

Un souffle, un effleurement, elle devina une présence. Un saut léger se figea, un peu en contrebas, et une silhouette se dessina en profil perdu. Une jupe à fleurs battait des chevilles fines, un pull marin enserrait des épaules robustes qui projetaient dans le soleil couchant des cheveux de lumière.

La jeune fille s'assit, et découvrit alors la présence d'Eva. Leurs regards se croisèrent furtivement. En bas, tout en bas, des mouettes pêchaient sur la crête des vagues. En face, à quelques miles, l'île flottait comme un nénuphar.

Est-ce que je vous dérange ? Demanda la jeune fille. La femme ne répondit pas ; elle avait repris son ouvrage. Un voilier attardé traversait le raz et remontait vers le nord pour atteindre la baie avant la nuit.

Le silence ne semblait pas un obstacle entre les deux femmes ; plutôt le lieu d'un fil conducteur qui se crée. La plus jeune reprit :

Je suis en avance. Excusez-moi, je dois attendre. Peut-être même devrai-je revenir.

Attendait-elle quelqu'un ? À cet endroit ?

Elle poursuivit :

Chaque soir est différent, éphémère et unique.

Elle remonta ses jambes sous sa jupe, enlaça ses genoux, et y posa sa joue. Elle regardait le ciel ensanglanté. Elle murmura :

Je viens voir le rayon vert
Le temps passa ; elle se leva et dit :
Je reviendrai demain.
Elle salua et ajouta :
Je m'appelle Gaëlle
Je sais, répondit Eva qui la regarda pensivement.
Elle disparut aussi légèrement qu'elle était arrivée.

****

Peut-être qu'il y avait une chance avant les marées d'équinoxe et leurs tempêtes. Eva avait tricoté la moitié du pied de la chaussette quand la jeune fille arriva. Elle s'assit un peu plus bas que la veille. Après un long silence, elle dit :

Une de mes amies voudrait photographier le rayon vert. C'est une idée étrange. Croyez-vous qu'aujourd'hui....

Eva se concentrait sur son ouvrage

Elle est originale cette chaussette

C'est pour un enfant de Sarajevo.
Pour l'hiver, qui vient.

Gaëlle était songeuse. Elle se leva, et d'un roc à l'autre descendit vers la pointe. Elle s'arrêta pour contempler les arêtes de schiste qui se paraient de toutes les nuances de l'ocre, suivant l'heure et la lumière. Ce soir, la mer, plissée et vibrante, jappait autour des rochers qui s'aventuraient jusqu'au phare. Par gros temps, les vagues s'engouffraient dans les cavernes, bouillonnaient dans des chaudrons à flanc de falaise ; la salve crépitante des galets à chaque reflux, était comme une basse continue jouée par un invisible percussionniste ; et les cris stridents des oiseaux marins plaquaient des accords déchirants sur cette symphonie fantastique.

Elle s'assit pour attendre. Il n'y eut pas de rayon vert. Fugacement, les bronzes du rivage flambèrent tels des couvercles d'or sur des puits d'ombre. Le soleil avait achevé son naufrage.

Elle remonta lentement. La grotte était déserte. Au fond, la chaise repliée attendait le lendemain.

****

La jeune fille eut très vite l'intuition qu'il serait déplacé qu'elle arrivât la première.

La journée avait été grise ; elle vint quand même à la grotte, sachant que le soleil ne se montrerait pas.

La deuxième chaussette était sur les aiguilles.
Elle s'assit et regarda l'île.
Pourquoi l'appelle-t-on l'île aux 7 sommeils ?

Eva arrêta son tricot et fixa l'horizon.

Le chiffre 7 est le nombre parfait. Dieu créa le monde en 7 jours, dit la Bible. Il y a 7 merveilles du monde.

Les 7 péché s capitaux, mais pourquoi les 7 sommeils ? , insista la jeune fille.

Elles se parlaient peu ; mais insensiblement elles se rapprochaient l'une de l'autre ; le partage de leurs pauses silencieuses les plaçait sur la même fréquence. Elles ne s'étaient pas encore dévisagées ; leurs regards glissaient en biais sur leur présence ; elles se frôlaient, chacune préservant son mystère.

Peut-être que l'île aux 7 sommeils a un lien caché avec les 7 dormants d'Ephèse, dit Eva

Qui sont les 7 dormants ?

7 jeunes gens. SI un jour vous allez en Turquie vous apprendrez leur histoire.

Ce qu'on dit de vous est peut-être vrai, murmura Gaëlle. On vous appelle "Eva Légende"

La femme continuait à alterner les couleurs vives de sa laine.Elle releva la tête, piqua sa cinquième aiguille dans son chignon, et dit, les yeux baissés:

La légende, c'est la vie rêvée ; il faut être mort depuis longtemps pour devenir légendaire.

C'est peut-être parce que vous n'êtes pas d'ici que vous échappez au temps ; suggéra la jeune fille.

En face, comme un coq sur un clocher, un cormoran se posa sur un éperon rocheux ; il s'ébroua, déploya ses ailes pour se sécher, noir et immobile sur le ciel rouillé.

Et puis Eva dit à voix basse:

J'avais aussi un surnom quand j'étais enfant. Mon grand-père m'appelait "Fleur de sel". Il était paludier au Pays de Guérande ; nous nous promenions dans les salines, il me portait sur ses épaules. Le ciel brisé, dans les marais, était un vitrail infini fuyant l'horizon. Puis, on rentrait ; la maison s'appelait "La mésangère"

Elle n'avait jamais autant parlé. Elle ajouta comme pour elle-même :

Mais je suis de cette terre aussi

Gaëlle fixait le cormoran dans le flou du soir ; il ressemblait à un éventail chinois.

Enfin elle se leva et dit "Bonsoir"

****

Gaëlle dévala le dernier raidillon et descendit jusqu'au port de Bestrée ; elle s'assit sur un coin de sable, quitta ses sandales et observa le phare ; les gardiens allaient le quitter ; il faudrait, dans quelques jours, le considérer comme une machine ; elle se rappela les nuits de tempête de son enfance ; souvent elle ne pouvait s'endormir ; les voix de ses parents montaient jusqu'à son lit en rumeur rassurante. Lorsque la cage d'escalier s'éclairait, sa porte entr'ouverte projetait sur le plafond pentu de sa chambre, effaçant d'un coup le pâle tempo du phare, le long bec effilé d'un pélican en vol, ou une flèche d'argent d'une pureté absolue ; le cœur battant, elle se mettait à compter l'éternité: un, deux, trois, quatre, cinq, six, sept, huit, neuf...

Lorsque la porte était doucement refermée, l'éclat syncopé du phare traversait à nouveau les rideaux et la pastille blafarde reprenait son clignotement nocturne. Elle s'arrêtait de compter : le temps était très long et l'éternité si brève.

Alors elle s'inventait des histoires ; le phare était la tour de guet d'un palais englouti ; parfois les petits châtelains ressuscitaient et venaient lui tenir compagnie ; elle revit leurs visages malicieux, entendit leurs rires. Ils appartenaient à son passé vivant.

La jeune fille sortit de son sac à dos un carnet et un stylo ; elle prit congé de la grève et se mit à écrire. Quand elle vit le soleil décliner, elle se leva et se dirigea vers la grotte. Le gardien du chantier la salua et elle répondit d'un signe de la main. Elle accéléra le pas et arriva près d'Eva.

Bonsoir
Bonsoir, dit la femme.

Les chaussettes terminées, elle avait entrepris un bonnet.

Un damier remplaçait les rayures ; les couleurs étaient toujours chatoyantes.

Après un temps de silence, Gaëlle ouvrait la conversation.

Avez-vous lu le journal ce matin ?

Je n'achète pas de journaux

FR 3 Bretagne aussi en a parlé
Je n'ai pas la télévision

La jeune fille regarda la tricoteuse aux yeux baissés sur ses aiguilles

Alors vous ne connaissez pas les nouvelles ?
J'écoute la radio, j'écoute la musique

Voilà, reprit la plus jeune, il y a eu une réunion hier sur la Pointe ; des experts, des fonctionnaires, des notables locaux, ; ceux-ci rivalisent entre eux et chacun revendique la paternité du projet "Grand site" ; leur place sur l'estrade pour l'inauguration les préoccupe ; le bruit court que le Président de la République va venir.

Un sourire amusé éclairait ses traits. Elle se tourna vers le large. Le soleil effleurait l'océan. Sans quitter des yeux le couchant, elle reprit :

Parmi ces hommes, il y avait une jeune femme, responsable de la communication. Son nom ressemble à un présage.

Eva avait rangé son tricot et regardait la mer. Le soleil, coquelicot géant dans le ciel pur, s'immergeait peu à peu. La présence des deux femmes convergeait vers ce point de l'horizon marin, point de rencontre d'un temps et d'un lieu.

Il y eut un point de fusion, un éclair. Le rayon émeraude les cloua sur le seuil de la grotte.

Gaëlle se leva la première.

Bonsoir, dit-elle
Elle revint sur ses pas
Le nom de la jeune femme est "Anne-Marie Merveille"

****

D'un geste de l'épaule, le sac à dos glissa à terre. La jeune fille en sortit un chandail, un appareil photo, un livre, un cahier. Elle s'assit à l'endroit habituel, encercla de ses bras ses genoux, regarda la mer.

Le temps avait changé ; elle noua le pull autour de son cou. Eva terminait le pompon du bonnet avec une laine turquoise ; elle portait une veste chaude tricotée à la main.

L'océan était gris et hargneux ; même les fous de Bassan étaient querelleurs et griffaient le ciel d'arabesques agressives. Les deux femmes écoutaient les prémisses de l'automne.

J'aimerais vous lire un poème, dit Gaëlle. Je l'ai écrit hier, à cheval sur minuit.
Elle ouvrit le cahier et se mit à lire

Quel temps fait-il?
Il fait très beau,
Ainsi soit-il.

Quel temps fait-elle ?
Elle fait l'amour
Ainsi soit-elle
Elle fait l'amour,
il fait le beau
Est-ce le jour
Est-ce la nuit ?
Il fait soleil
La lune luit au milieu des étoiles
Le soleil éteint la lune
Qui ne se laisse pas faire
Et s'éclipse
À l'aube
Derrière un nuage
La lune allume le soleil
Qui flambe
Quelle heure est-il
Il est minuit
Il est midi

Elle était surprise et joyeuse d'entendre sa voix donner vie à sa quête des mots. C'était la première fois qu'elle partageait ce moi intime avec quelqu'un.

Elle ferma le cahier, le remit dans son sac. Et les yeux clos, elle savoura sa ferveur ; c'était peut-être ce que l'on éprouvait après avoir mis un enfant au monde

Quand elle entendit Eva ranger son ouvrage, elle ouvrit les yeux et prit le livre qui était là, à ses pieds.

Je ne sais pas quand j'irai en Turquie, dit-elle. Alors je

suis allée à la bibliothèque, et j'y ai trouvé la légende des 7 dormants.

Il y a très longtemps, sous l'empire romain, 7 jeunes gens quittèrent leur ville plutôt que de renier leur foi. Ils trouvèrent refuge dans une caverne que les centurions romains ordonnèrent de murer. Lorsque l'empire romain s'effondra, Ephèse, où avaient vécu Paul, Jean et la Vierge Marie devint ville de chrétienté. Deux siècles après leur emmurement, un tremblement de terre fendit la grotte. Les 7 dormants s'éveillèrent et revinrent chez eux ; les Ephésiens avaient perpétué leur mémoire ; les habitants de la ville, émerveillés, les proclamèrent "saints".

Gaëlle se leva, épaula son sac et se retourna. Pour la première fois, elles furent face à face. Elles se regardèrent en silence. La plus jeune dit:

C'est notre sixième rencontre

À demain, répondit Eva.

Elles se sourirent.

****

Enfouie dans sa couette et sa somnolence, Gaëlle surfait sur les remous de la tempête. Elle voyait le palais englouti, le phare vigie intemporelle, où le veilleur passait la dernière nuit, près de l'énorme lanterne ; il avait les traits enchanteurs d'Umberto le plongeur en apnée qui pouvait passer 7 minutes dans les profondeurs sous-marines.

Elle n'entendit pas le vent s'essouffler, et tout était calme quand elle s'éveilla. La première pluie avait rincé la lande et les pins, des moiteurs de l'été. La rentrée était proche. Sa tête était claire et son corps ardent. Elle aimait cette saison finissante qui poussait la porte de l'avenir. Un jour, elle croiserait l'amour ; elle savait qu'alors, elle brillerait de tous ses feux.

Elle se mit en route de bonne heure et prit les chemins buissonniers. Dans les plis de la falaise, des pêcheurs solitaires surveillaient leurs lignes. Elle pensa à son grand-père, à la crique où elle venait le rejoindre avec son goûter, après la classe. Le couple singulier qu'il formait avec sa grand'mère l'enchantait toujours.

Elle était pudique, autoritaire et gaie ; il était spontané et conciliant. Elle n'appelait pas un chat un chat ; il ne voulait pas dire comme elle ; il ne voulait pas non plus dire contre elle ; après la repas, elle nommait "le petit vent" un rot un peu sonore qu'il n'avait pas arrêté à temps ; mais lui, avec un clin d'œil à sa petite fille disait: " Pardon! C'est la renverse". Elle disait: "Après les obsèques, il y aura une collation" ; lui disait: "Après un enterrement, les gens ont faim ; il faut voir ce qu'ils mangent !Il faut voir!"

La jeune fille dépassa l'enclume ; c'était un très gros rocher arrondi, rétréci sur sa base, reposant sur trois petites roches comme sur un trépied. Il dominait une plage et faisait la joie des enfants. Elle revisita ses jeux anciens, et vit Mathieu qui accomplissait son rituel ; l'enclume était l'autel de sa célébration ; les jambes écartées et raidies, il s'inclinait, ses doigts effleurant le sol, au rythme d'un balancement régulier, puis il se redressait, respirait profondément, et entreprenait des moulinets avec ses bras. Enfin, après un temps d'immobilité recueillie, le visage levé vers le ciel, les avant-bras tendus et les paumes ouvertes, il réalisait une sorte d'offertoire ; seuls ses doigts remuaient. Ce culte cosmique imprégnait son corps massif et ses gestes lents d'une spiritualité grave. Les passants ne le distrayaient pas, et les familiers s'écartaient avec respect du cercle magique où il officiait.

Gaëlle descendit à la plage, s'assit sur le sable parsemé des détritus laissés par la tempête. Elle se déchaussa, elle goûta la mer ; elle regarda autour d'elle, il n'y avait personne en vue ; Mathieu était peut-être reparti. Elle se déshabilla, entra dans le flot descendant et se mit à nager.

Elle contourna une barque au mouillage et fit demi-tour, elle avait froid, elle courut jusqu'à son petit tas de vêtements, s'y allongea et se laissa réchauffer par un rayon tardif dans le ciel de traîne.

Les yeux mi-clos, l'esprit parasité de songes, elle regardait le lent ballet des nuages striés de brun. Dans quel tableau de Kandinsky, à moins que ce fût de Miro, avait-elle vu cette paupière égarée aux cils endormis, cette orbite sans regard et ce sourire sans visage dont les lèvres fardées déversaient un drapé oblique de soie orange? Et là dans un angle, sur une joue absente, une longue larme noire et blanche?

Elle regarda l'heure à son poignet, s'habilla et se dirigea vers la grotte ;.C'était le premier jour de l'heure d'hiver, la nuit serait précoce.

Boutiques et cafés venaient d'être rasés. Elle contourna les gravats et pressa le pas.

Il n'y avait personne. La chaise était là, repliée, appuyée à la roche, à l'abri des regards. Gaëlle s'approcha, ses sens éveillés comme ceux d'un animal en alerte, le lieu s'était évaporé d'une présence récente. Elle s'assit un peu plus bas que d'habitude et fit semblant d'attendre en regardant tomber le crépuscule. Les oiseaux s'étaient tus ; c'était le jusant, la mer était calme. Elle se vit comme un objet souvenir au centre d'une conque bleu marine, lustrée d'une fin de jour.

Elle frissonna et se leva. Elle regarda la grotte ; la chaise ne se voyait plus. Elle prit le chemin du retour.

****

Elle resta un moment immobile devant le portail. Le réverbère sculptait le mur de pierres sèches et allumait la branche de fleurs d'ajonc peinte qui enlaçait un cinq et un deux ; voilà, c'était son adresse ; et pour certains, une part de son identité ; elle habitait au 52 allée des Fleurs d'Ajonc. Elle traversa le jardin, déposa sans bruit son sac dans l'entrée et ressortit.

La lune s'était levée. Elle marchait d'un pas vif et régulier que n'altéraient ni les côtes ni les descentes.

Quand elle vit la maison accrochée au coteau, les fenêtres allumées, elle ralentit son allure ; sans être isolée du hameau, elle était à part, un peu solitaire ; elle ressemblait à Eva. Gaëlle ouvrit le portillon, prit l'allée en anneau qui menait à la porte d'entrée, sur la pelouse ovale, elle discerna un massif d'hortensias, une table, un banc ; à sa droite, fougères et cosmos montaient vers la maison ; le reste du jardin se noyait dans l'obscurité.

Elle fit lentement les derniers pas ; elle hésita devant la porte, protégée d'un auvent ; le bouton de cuivre luisait faiblement ; de chaque côté, une fenêtre aux persiennes fermées diffusait un halo tamisé ; à l'étage, deux lucarnes sans volet trouaient le toit ; l'une d'elles était éclairée ; elle avait été agrandie en porte-fenêtre munie d'un seul vitrage et ouvrait sur un petit balcon de bois que rattrapait un chèvrefeuille.

Gaëlle chercha une sonnette, ou une cloche ; il n'y en avait pas.Le chèvrefeuille embaumait ; un couple de chats jouait les mauvaises rencontres dans un fourré.

Elle frappa à la porte et attendit. Elle frappa deux fois, trois fois, personne ne répondit. Elle ne voulait pas appeler. Sa montre marquait vingt heures trente. Elle tourna la poignée de la porte qui s'ouvrit. Elle resta sur le seuil, les tempes serrées.

Une musique de la renaissance, guitare ou luth, faisait vibrer le silence, en sourdine. La pièce était vaste, avec des zones d'ombre et de clarté qui cloisonnaient l'espace. En face, une belle horloge à balancier, retardait. Elle était encadrée de rayonnages alignant des livres ; ça et là, des objets en adoucissaient la sévérité.

Elle fit un pas à l'intérieur ; le fond de la salle recevait une lumière indirecte à travers une balustrade ; derrière les grands fuseaux de bois qui évoquaient une sacristie, c'était peut-être la cuisine ; dans la pénombre, la tache claire d'une nappe révélait une table, dressée pour deux couverts, un bougeoir d'argent attendait d'être allumé.

À l'opposé, contre le mur, s'appuyait un scriban anglais dont le bureau était ouvert. La jeune fille se dirigea vers l'escalier ; sous les marches, elle vit le poste de radio et des disques épars. Elle alla lentement vers le bureau qu'éclairait une applique ; la chaise au siège capitonné de velours bleu dessinait ce recul biaisé, interrompu par celui qui se lève ; sur l'abattant, un cahier à spirales ouvert voisinait avec un stylo plume. Elle s'éloigna vivement, passa devant la cheminée ; quelques braises s'y consumaient ; à côté, trois fauteuils anciens et dépareillés, des revues, et une corbeille à ouvrage où elle reconnut les chaussettes et le bonnet. Sur un guéridon, des pâquerettes et des dahlias s'épanouissaient dans un vase de cristal.

Elle leva la tête vers l'étage, si calme. Ses pas la ramenèrent vers le bureau, comme vers un aimant. L'écriture était ferme et régulière. Elle ferma les yeux. Enfin, elle se mit à lire:

Sur la colline de la mémoire
J'avance pas à pas
Je remonte le temps
De toute ma force
Qui va et qui s'en va
Je sublime l'impossible divorce
De l'aube éclatante
Et du soir qui se noie
Le temps épouse l'éternité
Je marche sur une ligne brisée
Qui monte, biaise, décline, s'élance,
Noue l'alpha et l'oméga
J'arpente l'envers du temps
La vie est une étoile dans le ciel qui se lève.

Quand la jeune fille revint à elle, elle marcha vers l'escalier, monta lentement, poussa la porte d'où s'échappait la lumière. Une grande armoire était à demi-ouverte ; elle semblait en noyer, ornée d'un fronton et de moulures patinées ; sur les étagères, il y avait du linge, des classeurs, des boites, une paire de chaussures. Sur le mur, une peinture à l'huile représentait une longue maison basse dans un jardin ; de l'autre côté de l'armoire, sur un chevalet, reposait une aquarelle colorée, abstraite.

Le fauteuil Voltaire lui tournait le dos ; elle fit un pas, et alors elle vit le profil biseauté d'Eva. Elle dormait, dans une pose abandonnée, le visage incliné sur le côté, un bras pendant par dessus l'accoudoir. Gaëlle s'approcha, ses pas étouffés par la moquette. Eva était pieds nus ; elle portait un pantalon noir flottant et une blouse grenat ; son bras gauche était posé sur ses genoux ; un coussin et un châle gisaient près du fauteuil.

Sur une table, une lampe éclairait la photo d'un homme encore jeune, assis dans l'herbe, un enfant près de lui ; au fond de la chambre, il y avait le lit.

Le regard de la jeune fille s'arrêta enfin sur le visage de la femme ; il était serein, pas vraiment pâle, les yeux pas tout à fait clos ; elle remarqua un grain de beauté au-dessus de la lèvre et une fine cicatrice sur la tempe gauche ; ses cheveux dénoués s'échappaient d'un peigne d'écaille. Sa réserve naturelle n'était plus là ; de son charme répandu, elle était comme habillée de soie.

Gaëlle posa ses doigts sur la main ; elle était un peu froide. Elle frissonna ; il faisait froid aussi dans la maison. Elle ramassa le châle, le posa sur les genoux d'Eva, recouvrit doucement les pieds nus. Puis elle descendit

La musique s'était tue. Elle regarda de loin le cahier ouvert et sortit.

Quand elle reconnut les lumières de sa maison, elle se

mit à courir. Elle monta directement dans sa chambre, poussa le verrou et se jeta sur son lit.

****

Les jours et les nuits passèrent. L'acide printemps était de retour. Gaëlle prit le chemin de la pointe. Elle passa devant l'enclume ; c'était la basse mer ; la plage était poncée comme un galet. Des effluves d'iode et des senteurs de varech tournoyaient dans le vent de suroît.

Sur le site, les travaux étaient achevés ; les engins, la baraque de chantier et le gardien avaient disparu ; le remodelage des lieux, les jeunes plantations, sculptaient un paysage nouveau dont les courbes et la douceur épousaient la rude minéralité des à-pic.

L'inauguration avait eu lieu et le Président de la République, qui se forgeait un profil de granit, était venu à la rencontre de son image. Dans son sillage, élus et notables en visages d'apparat, se haussaient du col. Gaëlle avait cru entrevoir le sourire d'Anne-Marie Merveille.

Quand elle arriva à la grotte, elle trouva la chaise. Elle était moisie. Elle la sortit, la déplia, la posa à l'endroit exact où se plaçait Eva. Elle s'assit un peu en contrebas, posa sa joue sur ses genoux repliés et laissa glisser le temps. Puis, elle descendit vers la pointe, sautant d'un rocher à l'autre comme une chèvre. Elle s'adossa à la falaise à l'abri du vent et contempla la baie où gisait la ville engloutie ; dans les rumeurs marines, elle prêta l'oreille aux sanglots de Dahut que les anciens disaient sourdre parfois à la renaissance des beaux jours. Mais les mouettes criardes et chahuteuses ne laissaient rien filtrer. Elle regarda l'île des sept sommeils ; sa pensée glissa sur le mystère oblique d'une question sans réponse. Elle ferma les yeux ; sur le canevas de sa mémoire, à petits points, elle écouta se faire le travail du deuil.

Elle remonta, alors que le crépuscule tombait. Quand la chaise fut visible, elle ralentit, ne la quitta plus des yeux. Arrivée tout près, elle l'observa: elle était démodée mais robuste avec son châssis de bois tendu de toile rayée beige ton sur ton ; elle était très basse et devait être reposante ; le grand air venait de dessiner des cernes autour des moisissures. La jeune fille caressa brièvement l'endroit où s'appuyait la tête d'Eva. Elle la replia et alla la ranger tout au fond de la grotte. Elle rentra par les sentiers de traverse et poussa le portail du cimetière.

Elle marcha parmi les tombes, s'arrêta au pied d'une simple dalle horizontale portant une croix sur le côté. Sous le nom et la date était gravé le dernier poème:

Sur la colline de la mémoire
J'avance pas à pas
Je remonte le temps
De toute ma force
Qui va et qui s'en va
Je sublime l'impossible divorce
De l'aube éclatante
Et du soir qui se noie
Le temps épouse l'éternité
Je marche sur une ligne brisée
Qui monte, biaise, décline, s'élance,
Noue l'alpha et l'oméga
J'arpente l'envers du temps
La vie est une étoile dans le ciel qui se lève.

La jeune fille s'assit sur le bord du tombeau. Quelle couleur avaient les yeux d'Eva? Bleus, gris, verts ? Ardoise moirée de pluie. Du fond de son âme, elle sentit naître l'étoile. Elle se leva. Elle pensa que son visage était une luciole dans la nuit.

Novembre 1995

GERALDINE

Sur la flaque noire
Du trottoir
Un pas de danse sous un cerceau bleu
Virevolte et s'efface
Un ange passe
C'est Jeudi
Un ange, avez vous dit ?
Un ange est auréolé de cheveux blonds
Et contemple le ciel
De ses grands yeux bleus.
Mais sous ce chaperon bleu
Mèches brunes, visage rond
Et regard couleur de miel ?
Allons, dans les jours d'antan
Le jeudi était bien le jour des jeux ;
Tout change
Même les anges

L'école est finie, quelle chance !
Ton plumier est en vacances
Jusqu'à demain, petite écolière
Ton porte-plume s'envole
Et dans l'azur dessine un nuage
En forme de colombe

Pigeon vole à tire d'aile
Par delà les étangs et les combes
Cartable vole, caracole
Et disperse à tous vents des chiffres et des lettres
Qui font l'école buissonnière

Et se posent délicatement sur le nuage
Pas à l'endroit
Ni à l'envers
Seulement un peu de travers
Lassés d'avoir un sens, d'être une mesure
Légers de ne vouloir plus rien dire
Rien enseigner, rien calculer
Libre enfin de pouvoir rêver.
Des cahiers s'échappent des feuilles blanches
Promises aux laborieuses salissures
Sauvées d'innocentes blessures
Dans un bruissant tourbillon
Elles s'élancent, joyeux papillons
Vers leur destin de pages non écrites.

Sur le chemin de halage, tu musardes
Tu t'attardes, corsage entr'ouvert.
Le saule ondule ses longs cheveux verts
Sur l'épaule de la rivière
Qu'épingle le doux éclat d'une broche
En forme de trois pâles nénuphars

Tout à coup, dans la brume du soir
Voici qu'un gros bourdon s'approche,
S'arrête, te fixe de ses deux phares

Derrière le pare-brise, tout est noir
Immobile sans voix
Autour de tes épaules
Peu à peu ta cape se fait chape.
Soudée à tes sandales de plomb soudain coulées
Aucun risque que tu ne t'échappes.

De ses deux gros yeux jaunes
La bête fige le rêve éveillé
De la petite aventurière
Qui s'était prise pour l'oiseau bleu
Des buissons de l'école buissonnière
Dans le ciel sanglant, fuse une mésange
Qui vole en éclats
Brusquement s'éteint le sourire de l'ange

Au fil de l'eau dérive un cartable entr'ouvert
Le saule pleureur sanglote doucement
Sur l'épaule de la rivière
Les peupliers tremblants nimbés de lumière
Sont d'immenses cierges dans la nuit qui tombe
Veillant sur ce gué devenu ta tombe
Petit pantin brisé dans un nid de roseaux
Creusant près de l'écluse ton ultime berceau
Tu gis pâle et nu et l'air un peu hagard
A jamais voilé l'éclat de châtaigne
Qui faisait de tes yeux un regard

Dans la meurtrière jointure des ténèbres et du feu
Par un soir d'automne, entre chien et loup,
Tu es morte, petit Chaperon bleu

Octobre 1983

AGAPES

Ce printemps, les hortensias sont bleus
Et certains violets
Le rose n'est plus de saison
Serait-ce l'air du temps ?
Soupire le pinson
Perché sur son galet,
Oh ce violet au reflet d'améthyste
Croisé un jour dans un regard perdu

Pendant ce temps la pinsonne
Ni poète, ni artiste
Et encore moins politicienne
Sur la terrasse terre de sienne
De ces songeries n'a cure
Affamée d'avoir fait ses œufs
Elle n'y est pour personne
Elle picore, elle récure
Sans souci de la vague bleue
La seule, la vraie
Dont l'écho enchante les abords de son nid
Et qui se brise là, tout près, au fond du jardin

Mais soudain, un froissement d'ailes
Se pose sur son ombre
« Oh la garce ! T'as tout bouffé ! »
Glapit, furieuse, une merlette
« Pas un croûton, plus une miette »
« Pas un seul petit morceau
De mouche ou de vermisseau »
Enchaîne la pinsonne
Face à l'ébouriffée

« Et pédante avec ça » réplique…
Mais voilà que s'abat
          Un couple de pies
En queue de pie naturellement
          Moirée de bleu au bout de l'aile

Et, surgit de nulle part
          Le pas suspendu de mon chat

Je ferme mes paupières
          Comme on abaisse les persiennes
          Des pépites dansent dans la pénombre
          C'était hier
          Hier au crépuscule
          Timbres des voix
          Bordeaux dans le cristal
          Eclats des rires
          Regards allumés
          Percussion des mots enchâssés de silence
          Et par la fenêtre ouverte
          Le ciel dans tous ses états
          Et l'écho d'une sonate pour piano
          Sur la basse continue du ressac
Magie des connivences
          Au seuil de la nuit qu'embaument les lilas
          Nos adieux croisés esquissent une promesse

Nos « pas de deux » dévalent vers la mer
          Firmament perforé d'étincelles
          Posé sur l'océan aux crêtes d'améthyste

A Jacques et Anne-Marie , 15 Juin 2007

UN NUAGE MINUSCULE

Des nuées majuscules
Voici que le jour bascule
Nous entrons en crépuscule

L'étrave déchire la mer
En longues foulées mouillées
Sur la côte émerge un amer
Est-ce un fantôme de noyé ?

Houat, île de lumière s'endeuille
Et s'endort sur l'océan
La Teignouse sur son séant
De granit grignoté
Monte le guet
Et allume le port
Qui nous accueille

Vagues et vent s'apaisent
L'équipage soupire d'aise
Sur le pont,
Génois et tourmentin gisent, déguenillés
Pauvres mouettes foudroyées

Au petit matin frisquet
Une torche jaune balaie la grisaille
La mer, en ruché et jabot de dentelles
Danse et s'encanaille
Un coup de suroît nous guette
Ma Doué, benniget ! *Septembre 1983*

IL EST LA

Allongé sur la plage
Massif,
Aveugle,
Impénétrable

La vague vient,
S'en va
Revient
L'effleure
L'embrasse
Le mord
Le gifle
Reptilienne
Eternelle obstinée
Vouée à l'infini en sa fatale mouvance,
A être, après le reflux, l'assaut du rocher
Le roc massif
Immobile
Impassible

Je les regarde, elle et lui, de ma fenêtre

16-05-1995

MON BRAS EST UN ACCENT CIRCONFLEXE

À l'envers
Sur l'accoudoir du fauteuil
Mais j'ôte mes lunettes
L'urgence se fait réflexe
Et soudain
La détente de ma main
Trace un accent circonflexe
A l'endroit
Vite une feuille
Un porte feuille
Un mille feuilles
Qu'importe
Et un stylo
Mes images se ruent vers la porte
Insensées, fugaces, en désordre
Au péril de leur vie, brusquement échappées
Toutes affaires cessantes
Fragiles, menacées, précaires,
Jaillies non d'un hasard
Mais d'une nécessité forcément imaginaire
En grand péril d'être rattrapées
Par un contre ordre
Par le buvard de l'oubli

Chevauchée interrompue en Patagonie -- 2006

DERNIER CONTE DE NOËL DE L'AN 2015

Hassan était fatigué de son errance. Il ne comprenait rien à la violence
Bouddha, Jésus, Mahomet, à chacun de choisir librement.
Il alla vers eux ; déposa son fusil
Je serai là demain

Bonjour Hassan

Le paradis n'est pas dans la haine et les bombes
Ta mère ne t'a pas donné la vie pour t'exploser en plein vol

Nous sommes trois copains, Pierre, Samuel, Ivanov, nous avons 18 ans, l'âge propice pour s'arracher à ses racines et partir découvrir le monde, découvrir notre voie, nous connaître nous-mêmes
Notre projet : construire une terre harmonieuse et fraternelle ; il y a des écoles de guerre ; nous choisissons le rude chemin de la paix ; prépare ta besace, mets y ta flûte et la photo de ta mère

Du pôle nord à la croix du sud, de Katmandou à San Francisco, nous fendrons les mers nous sabrerons les montagnes, nous surprendrons des glaciers occupés à sculpter des paysages nouveaux.

Le Grand Nord

Ce soir nous arrivons, tirés par nos chiens de traîneaux, au pays des Inuits
Ça tombe bien ils sont en pleine répétition ; demain il y aura leur concert de rock
il nous font découvrir leurs instruments, l'éducation de leurs chiens, comment se protéger des ours

Repas convivial émaillé de chansons ; le duo flûte-guitare les plonge dans le recueillement ; l'alcool local coule à flot, et nous rend périlleux le retour à l'igloo où nos hôtes ont prévu notre hospitalité.

Hassan a été sobre la veille. Il se leve le premier. Il admire la construction de l'igloo, ses belles proportions, son confort. Il prend sa flûte et descend explorer les alentours.
Les chiens commencent à donner de la voix. Ils le fascinent. A son approche ils s'agitent de plus belle, à tel point que Hassan s'éloigne. Le remède est pire que le mal.
Quelle intuition guide alors Hassan ? Il prend sa flûte ; aux premières notes c'est le grand silence.
Les maîtres chiens arrivent avec la pitance ; Hassan s'interrompt. L'agitation reprend aussitôt ; les chiens n'avaient pas faim !
Il improvise alors une mélodie. Les chiens viennent immédiatement s'asseoir en cercle tout près du grillage ; un attroupement, se forme, on murmure « c'est un miracle ». Les musiciens de la veille se mettent à imaginer de nouveaux arrangements. Hassan est ovationné.
Le brunch est joyeux, mais l'heure du départ a sonné. Photos souvenirs. Nous leur laissons l'appareil.
Adieu les Inuits

Au pays du soleil levant

Le train longe toujours le fleuve Jaune ; le jour se lève, nous sommes crevés.
Travail dans les rizières pour requinquer notre budget
Avons abandonné Ceylan et la cueillette du thé où nous avons manqué mourir
Arrêt dans un gros village, nous descendons nous dégourdir les jambes.
Dans un jardin d'insouciance des gamins rieurs jouent à saute-mouton et fabriquent des cabanes dans les arbres
Nous faisons signe. Distribution de crayons « bic », envolée de moineaux.
Pierre évoque les temps anciens où dans « nos écoles » on nous vendait des images pieuses au profit des baptêmes des petits chinois !
Sifflet de la locomotive ; notre périple est loin d'être terminé
Plein Sud, Porte du Sahel

Rencontre d'un jeune fakir en panne près de son scooter
Il a démonté sa machine. Nous n'y connaissons rien. A défaut, nous partageons nos provisions
Tu t'appelles comment ?
Fakir
C'est pas un nom !
C'est mon nom !
Personne à l'horizon
Tu fais quoi dans la vie ?
Je suis intermittent du spectacle, mon père m'a appris les jeux, les cartes, les tours de passe-passe ; en ce moment, je suis au chômage.
Une voiture surgit sans s'arrêter

Nous sortons le ballon. Partie de foot. Fakir est rayonnant Pierre est dans les buts. Plus loin, sous un palmier, Hassan danse sur un air de rap
La nuit tombe. Fakir nous fait un éblouissant tour de magie.

Pierre fredonne « Oh nuit, qu'il est profond ton silence »
Ivanov prend sa guitare.
Nouveau départ.
Nous vidons le coffre.

Fakir, notre rencontre fut un merveilleux hasard. Tu as un beau talent , on peut te faire confiance. Nous te laissons une surprise. Ecoute, on entend la voiture du dépanneur qui arrive. Bonne chance !

Marrakech

La Casbah, les souks, les mosaïques et les vitraux anciens. L'incomparable couscous à toute heure. Et la foule !
Soudain Hassan pousse un cri : on vient de lui faucher notre meilleur appareil photo
Il course l'assaillant, le rattrape, le tabasse, le renverse, nous lui emboîtons le pas ; l'appareil est en miettes, le sang coule
Ivanov intervient ; Pierre arrête un gros taxi, nous transportons le blessé, nous montons tous direction l'hôpital
Soirée tendue, visages fermés
Hassan explose : « je ne comprends pas il méritait qu'on lui coupe la main »
Long silence ;
Hassan, la vengeance n'est pas la justice
c'est juste mais nous ne le connaissons pas
un policier a été témoin il sera jugé

Hassan hurle : mais il doit être puni
Le lendemain nous nous rendons aux nouvelles
Le voleur est jeune, les soins sont en cours, sa tête est bandée, il ne nous reconnaît pas Hassan est resté seul dans la salle d'attente

Paris

Nos finances sont dans les clous, nous nous offrons une escapade à Paris

Hassan fait la découverte de la capitale et est émerveillé. La tour Eiffel ; Montmartre ; les bateaux-mouches, l'opéra, le stade de France.

C'est le printemps. Nous faisons la connaissance d'un SDF à la terrasse d'un café, il a écrit un livre. Il est en compagnie du Président du Conseil constitutionnel. Ils semblent très bien se connaître, et pourtant ils se disent « vous ».

Ça nous épate !
Le respect, de nos jours, est une vertu plutôt ringarde, non ?
L'exemple vient d'en haut. Ils s'intéressent à nous, nous questionnent, nous offrent un verre. Nous achetons le livre. Le président porte un beau foulard bleu.

Mais l'aventure nous rattrape.

Nossi-Bé

Nous avons fait le bon choix plutôt que Bali et ses touristes
Petite sœur de Madagascar c'est le charme absolu : Fragrances et parfums nous tournent la tête ! Vanille, poivre, café, ylang-ylang
Paillote en bambou, restaurant de plein air, le maître des lieux un indien prénommé Jules nous accueillie ; le courant passe aussitôt ; Ulysse ou Robinson Crusoé nous sommes seuls clients
Premier bain. Rencontre d'un jeune dauphin en détresse sur le sable où sa mère l'a oublié. Une tortue géante de passage l'accueille avec bienveillance ; nous les mettons l'un sur l'autre et les accompagnons jusqu'à la mer.
Jules nous cuisine une friture des îles ; il est ravi du dessert que Pierre nous propose : des crêpes bretonnes fourrées, miel, kiwi et un peu de litchis. Il note aussitôt la recette et nous offre un jour de pension gratuite
Le lendemain, sur une pirogue à balancier, nous faisons une première leçon de pêche : un poisson-perroquet.
Dans cette enclave paradisiaque nous prenons conscience de nos fatigues accumulées et décidons de prolonger notre séjour.
Deux semaines plus tard nous reprenons la route ; Pierre promet à Jules de lui faire parvenir de la farine de sarrasin
Adieu les délices de Capoue

Bye-bye Jules ! Kenavo, comme on dit chez nous.

Jérusalem

Nous gravissons le rude coteau qui nous mène aux lieux Saints : amandiers en fleurs, colibris qui picorent dans les vergers, il fait très chaud

Des gourdes s'échangent dans des langues entremêlées
Le temple se dessine à l'horizon
Soudain une explosion, une bombe, des armes automatiques qui crépitent, un cri : « attentat » !
Panique, chaos, sirène, des corps s'effondrent
Toupie déboussolées, aveuglés par la poudre nous dévalons la colline entre les rochers Nous atteignons enfin les rives du Jourdain, méconnaissables mais vivants
Les armes se taisent, les ambulances hurlent
Nous gisons sur le sable. Nous nous sommes arrêtés de penser, nous ne savons pas prier
Le jour se lève sur un silence de mort
Nous soignons nos plaies, nos vêtements sont en lambeaux, nous entrons dans le fleuve Ivanov et Hassan se sont isolés sur un rocher
Qui peut encore prononcer le mot réconciliation dit Hassan, pour moi il n'y a que la loi du talion, œil pour œil dent pour dent
La réconciliation est difficile répond Ivanov, c'est un long parcours mais au bout du chemin c'est une porte qui s'ouvre ; la violence est une impasse ; regarde le lever du soleil

Là-bas, dans la brume, le prophète, comme il y a 2000 ans ; il a allumé un feu, il fait cuire deux poissons
Il attend quelqu'un
Deux pagaies claquent sur la vague, il se lève

Aurore boréale

Le ciel s'ouvre, la paix descend sur la terre, cheveux au vent dans son aube blanche.
À nous voir on dit que nous sommes cinglés !
Vous êtes un défi, vous avez creusé vos rêves en noir et blanc et les avait repeints avec un pinceau écarlate.

Vous êtes les hérauts. En première ligne vous annoncez les nouvelles : ce qui était impossible est devenu possible !

A vos plumes poètes, inventez des chansons nouvelles, allez dire à la planète bleue que la terre est trop belle pour ne pas être aimée !

Fin de notre Odyssée

Merci, Hassan, d'avoir été notre quatrième mousquetaire

Dernier feu de camp. Ultime partie de foot. Demain on lève l'ancre.
On fait 20 pas chacun dans un sens opposé.

La liberté. Le respect. Le partage. La parole donnée. La musique, la nature, l'humour.

Et l'amour ? Il n'a pas de nom ?
Son nom, c'est le soleil dit Hassan.

Nos mains réunies nous prêtons serment.
Sur le sable se dessine une étoile.

Retour dans la mère patrie

Notre avenir est à construire.
Nouveaux défis.
Quel s chantiers entreprendre ? Quels contacts à nouer et renouer ?
Nous nous sentons décalés ! Besoin de souffler.
De se réapproprier notre histoire. Où sont nos 18 ans ?

Un nouvel équilibre doit se trouver.
Tant de richesses, d'expériences sont à intérioriser, à mûrir, et à partager…comme un rempart protecteur

Mais, grâce à nos SMS, nous gardons le contact
Le pays est méconnaissable depuis les attentats, la peur, l'angoisse, les soupçons…Est-ce la guerre ?
Il faut pourtant préparer la rentrée

Pierre hésite entre la médecine et le droit
.voir mourir un enfant lui semble au-dessus de ses forces. Mais il faut bien des médecins pour guérir les enfants. Dilemme….Rendre la justice est aussi une noble profession : alors, juge ?

Ivanov se verrait bien professeur de russe ; mais, auparavant, il lui faut retrouver ses racines.

Plus encore qu'être vétérinaire, Samuel aimerait être soigneur dans un zoo. Mais son père compte sur lui pour reprendre la relève dans la ferme ancestrale. Décidément, rien n'était simple

Lorsqu'Hassan arriva chez lui… Depuis combien de temps l'attendait-elle derrière la porte ?Hassan et sa mère s'étreignirent longuement
- Mais où est mon père, demanda-t-il enfin
- Il est parti, je n'ai plus de nouvelles
- Je vais aller à sa recherche
- Non, tu restes ici, avec moi. Pense à Karim, il n'a que 7 ans, et à ta petite sœur. Ecoute les, regarde leurs dessins. Nous allons travailler ensemble. Ta place est ici.

Hassan avait réfléchi à son avenir : il serait charpentier. Il aime le bois : le contact, les odeurs et les copeaux d'eucalyptus que son père, qui travaille dans une scierie, rapporte, le soir, à la maison.
Il fut embauché comme apprenti dans une entreprise. Les outils le fascinaient ; seul, le français lui posait problème
Son chef lui suggéra « Le livre et la Plume », une association de bénévoles qui proposait des remises à niveau pour une deuxième chance dans la vie. Le brassage des contacts plaisait à Hassan. On ne parlait pas d'illettrisme, ils étaient tous des stagiaires. Le dictionnaire devint son livre de chevet. Il se familiarisa avec la bibliothèque, les journaux, découvrit même un club de poésie.

Ce jour là, il était joyeux, la nuit tombait. Il avait terminé sa maquette, le patron l'avait félicité et même évoqué une prime.

Demain, c'était son anniversaire et, bientôt, Noël. Son père serait peut-être là ; 428 jours qu'il ne l'avait pas vu.

Soudain, il eut l'impression d'être suivi. Il fit un pas de côté. Il passait sous un réverbère lorsque l'arme blanche cisailla le crépuscule. Une fois, deux fois

« Mort au traître » dit une voix
Il reconnut Saïd, un copain de lycée
Hassan s'effondra sans bruit

La lune épuisait son dernier quartier

****

Hassan pédalait sur sa maquette comme sur une planche à voile ; il entendait la voix de Saïd : « Pardon, Hassan, Pardon »
Puis, soudain, celle de Pierre, debout sur la proue de la goélette, chantant à tue tête.
Tiens bon le cap , tiens bon Hassan.
Hissez haut Santiano !
Sur la mer qui fait le gros dos,
Samuel et Ivanov reprirent en chœur
Nous irons jusqu'à San Francisco.

Une étreinte violente acheva son ultime frisson. Au petit matin on retrouva son corps sous le réverbère éteint. On le ramena chez lui ; deux larmes fermaient ses paupières.

Son père était là

MILITANTE

PAROLE DE FEMME

Il y a les hommes d'en haut. Et ceux d'en bas. Ceux de droite, ceux de gauche. Les femmes sont au milieu. Au centre.........Au CŒUR
Deux destins de femmes d'aujourd'hui.

L'une est américaine, noire, prolétaire. Elle vient de mourir. Elle avait 90 ans. Son pays lui a fait des obsèques nationales. Elle s'appelle Rosa Park. La scène se passe vers 1962. Rosa rentre de son travail ; elle est assise dans son bus ; soudain, un homme, un blanc, se dresse devant elle, lui demande sa place. Elle refuse. Il insiste, menace. Elle résiste, ne cédera pas. L'écho de l'incident se propage. Manifestations immenses. Droits civiques, et lois anti-apartheid se mettent en route.

La seconde femme est Colombienne, blanche, bourgeoise. Française aussi. Elle est otage dans la jungle depuis 1425 jours. C'est Ingrid BETANCOURT
Face à la violence dans son pays: enfants des rues, enfants soldats, elle décide un jour de s'engager. Elle ira jusqu'au bout.

Tout sépare ces 2 femmes. Sauf l'essentiel : la Justice et la Dignité ne se négocient pas. Elles ont dit « NON ».
Comme Antigone.

Avant l'idéologie, le concept, la femme se met en marche en partant de l'intuition, du CŒUR. Elle rejoint l'homme par des chemins de traverse, non balisés, inventés du plus profond d'elle-même.

A INGRID, OTAGE

Dans la forêt lointaine
Ingrid où es-tu ?
Dans la jungle des haines
Où ta voix s'est perdue
Que ce message rejoigne ton silence

Sur les sentiers de la guerre
Tu imprimes tes pas
Qui Trace Le sillon de la paix
Dans ton pays, la Colombie.

Tu marches à l'infini
Dans la forêt profonde
Près de toi, Clara l'indéfectible
Mais ses pas dans tes pas

Là-haut, si haut, la canopée bruisse
Séquoias et palissandres
Echangent des nouvelles
Mais le fracas des armes
Abîme l'âme des arbres

Colombes de Colombie aux ailes mutilées,
Dans la sueur et la poussière
Le désespoir sournois
Le courage épuisé au brasero du soir,
L'espérance têtue à l'aube ranimée
Vous cherchez dans le ciel invisible
Un tout petit nuage pour accrocher vos rêves

Alors, tendez l'oreille, Ingrid et Clara

Et toi, l'otage inconnu, qui aligne tes pas
Sur une piste sans horizon
Et vous tous, les 3000 profils perdus
Qui hantez à contre-jour et dans l'envers du temps
La jungle des pas perdus
De terre de Bretagne et des pays d'ailleurs
Ecoutez bien ceci :

Derrière la rude écorce, les épines qui blessent,
Mûrit la tendresse de l'aubier
Au milieu des enfants soldats
Qui ont déposé les armes
Petits déserteurs en treillis
Pablo, Salvador, Rosetta
Ignacio, Luca, Diego
Nuque raide et marchant au pas
Regard brillant des larmes interdites
Puisées aux sources ensevelies
Sous les éboulis de la guerre

Ecoutez marcher les enfants
Les enfants du monde
Erika et Antoine
Nils, Tiennot, et Igor
Eloïse et Lorenzo
Taminik et Aïcha
Esther et Tarek

Ceux qui ont une maison
Et ceux qui n'en ont pas
Ils s'avancent pas à pas,
Venus de l'horizon
Allant vers l'horizon

Ils traversent la terre
Graves, les yeux fixés sur l'invisible étoile
Les mains en porte-voix
Ils murmurent ton nom
LIBERTE

mars 2003

Hélène SCIBERRAS
Membre du comité de soutien 29

AUX MÈRES DES 3000 OTAGES EN COLOMBIE

Dans la France profonde
Ingrid, on t'attend
D'un rivage à l'autre dans la France multiple
De St Denis de la Réunion
à St Laurent du Maroni
De la belle Province…………

« Québec, avez-vous dit ?
Mais ce n'est pas la France !
Comment pas la France ?
Sa langue est son âme,
N'est-ce pas l'essentiel ? »
Mais, vous avez raison,
Là n'est pas l'essentiel
L'Europe est notre mosaïque
Les points cardinaux, nos frontières
De Dublin à Canberra et Washington
Nos voix emmêlées proclament
COLOMBIA LIBERTAD

Dans ton village, en Colombie
Pablo Emilio, une fête t'attend
Sur les ailes de la reconquête
Tambourins, flûtes et guitares
Éclatent en lassos lumineux
Lancés par Gustavo, ton père
Et Youri, ta petite sœur
De Bogota à Caracas
Pablo Emilio, ON T'ATTEND

Enfouis dans la jungle, pour vous,

le temps s'est éclipsé,
Finis les matins clairs et les soleils couchants,
Plus d'horloges et plus d'agendas,
Le facteur ne fait plus sa tournée,
Plus de fêtes carillonnées
Où est le sablier du temps ?
Six ans, Dix ans
Nuits et jours confondus dans les verts labyrinthes,

Dans la cohorte des ombres
Ainsi est survenue l'Éternité précoce
Cent ans de solitude
Et la terre promise,
Dans les lointains, évanouis

« Suis-je encore vivant ? »
Dans cités et villages aux trois mille absents
Des mères éperdues de douleur
Vivent le deuil sans partage
Jour après jour, recommencé

Mais voici que, venu de loin,
Souffle fragile sur une longue houle
Un vent nouveau se lève
Le Temps revient
Le cadran solaire se découvre,
À pas légers, l'Éternité s'éclipse
Dans la forêt ensanglantée
Une clairière s'ouvre au soleil
et aux nuages blancs,
Des dossards frappés d'une croix rouge déambulent,
Arme à l'épaule, des hommes en treillis montent la garde

Ingrid est là. Assise sur un tronc d'arbre.
Pablo Emilio est là. Debout.

Au loin, des voix s'interpellent
Le temps s'écoule au fil de l'eau
Pablo semble sortir d'un rêve,
Soudain, il fredonne
« La voilà, la blanche hermine »...
Ingrid lève les yeux,
Dans la pénombre, embusqués,
Le souffle suspendu

LES TROIS MILLE SONT LA.

Hélène SCIBERRAS Libertad 29 (mars 2008)
Fédération internationale des Comités Ingrid BETANCOURT

FEMMES CAPTIVES
(En forme de chanson)

Colombes de Colombie aux ailes mutilées
Qui hantez à contrejour et dans l'envers du temps
La jungle des pas perdus
Elle est pour vous cette chanson

Chant :

Pour toi MARIA,
Qui compte dans le miroir fendu
Pendu à une branche
Les fêlures de ton visage
Cherchant les fossettes d'antan
Quand tu avais douze ans
Le temps de l'innocence, le temps de l'insouciance
Où tu sautais à la corde,
Le temps de la miséricorde

Pour toi, LUISA
Étendue sur la mousse
Les bras en croix et les jambes ouvertes
Captive d'une étreinte inconnue
Les yeux clos sous le ciel invisible
Tu revisites les clairs de lune d'Avril
Quand tu avançais vers la mer
T'offrant toute nue à la caresse des vagues

Pour toi, CLAUDIA
Les mains plongées dans les gamelles
Dans l'eau souillée de la vaisselle

Les poings serrés sur un dernier filet d'eau pure
Le goutte à goutte de l'espoir
Que l'on retient lorsque descend le soir
Et qu'il faut traverser une nuit sans étoiles

Pour toi, ROSA
La petite dernière
Arrivée avec ton pipeau
Dans une forêt sans clairière
Passée des rires de la récréation
Et du premier baiser adolescent
Aux jeux des hommes en treillis
Devenue femme sans comprendre
Tu gis dans ton hamac
Le T-shirt en lambeaux
Le cœur interrompu
Et ton élan brisé

Pour toi, CLARA,
La messagère de ton rêve :
Une inconnue venue vers toi
Les cheveux blonds, les yeux turquoise
Bras en corbeille de rameaux d'oliviers
« Je viens d'Irlande, je viens d'Armorique,
Te dire que la liberté arrive
Et que la paix est proche
J'ai franchi l'océan
Qu'importe les périls, qu'importe que je meure
Puisque je suis là
Le message est passé
Et la flamme transmise «

Mais « qui es-tu ? », as-tu demandé

Elle a souri et dit d'une voix claire
Je m'appelle « KELTIA »

Hélène Sciberras
LIBERTAD 29

PRINTEMPS BRISÉ

Identité

Je suis Colombien. J'ai 14 ans
Profession: Enfant Soldat
Je m'appelle Salvador. C'est mon prénom
Depuis mon baptême où l'on fit la fête
C'est par son prénom qu'on devient quelqu'un
Quelqu'un d'unique
Mes ancêtres sont Indiens – Chefs de tribus convertis

La Casa

J'étais un gamin farceur.
J'avais deux trésors: mon ballon et ma fronde
David, le berger de la bible était mon héros
Il jouait du luth. Moi, de la flûte
Un jour, je tuerai Goliath le géant
Avec ma fronde
Et je deviendrai roi comme lui.
Mon problème c'était la faim
La nuit, ça m'empêchait de dormir.

Guérillero

Un matin, il est arrivé
Ma mère était là, le regard brillant
Mon père m'a dit: « sois fort mon fils »
L'homme m'a demandé:
« Salvador aimes-tu ton pays? »
J'ai dit « oui » droit dans les yeux.
Je l'ai suivi dans la forêt, chez les Farc
« Les **F**orces de l'**A**mour **R**évolutionnaire de **C**olombie. »
J'avais douze ans, j'ai reçu un treillis, J'étais fier.
Maintenant j'ai un fusil.

Rêve

Cette nuit, j'ai revu l'étranger
Juan, l'hôte de passage. Il chantait
une vieille romance de son pays.
Elle parlait de pendants d'oreilles, de
cerises d'amour en gouttes de sang
Mon père l'accompagnait à la guitare

La jungle

Nous marchons sans fin, sans horizon
Sans soleil et sans nuages
Il faut déjouer l'adversaire
Le bonheur, c'est la rencontre d'un torrent.
José est otage depuis dix ans. Qu'a-t-il fait ?
Il m'a dit : « J'ai un fils de ton âge »
Dans la grande fatigue, j'entends la voix
de ma mère ; elle est mon ange gardien

Amour Interdit

Inès marche près de moi.
Ma main frôle sa main.
Ses tresses allument mes rêves
Elle m'aime, je l'aime
Baisers volés aux saveurs de coca,
Quand je serai roi, elle sera ma reine

Trophées

Ce soir, ils sont rentrés avec un nouveau butin
Des femmes, des filles très jeunes,
J'ai fermé les yeux sous leurs regards,
Mon corps s'est tendu comme un arc
Je vais incendier la forêt
Je vais anéantir terre et ciel
Et mourir. Inès où es-tu ?

Combat

Les paras ont attaqué aujourd'hui
Presser la gâchette.« Aimes-tu ton pays, Salvador? »
C'est quoi aimer?
Les flèches, le calumet de la paix, les lances
Ne pourrons-nous jamais être des innocents?
Luis a déserté. Ils ont ramené son corps
Retour au camp. Nous croisons un para
allongé au pied d'un arbre, la paume ouverte
Pedro murmure: « c'est con la mort »
Un ara s'envole de toutes ses couleurs
Emporte-t-il l'âme du soldat?

Soudain ma mère pousse un cri
un soleil noir explose dans ma tête
je descends, descends, descends
Les lèvres d'Inès sur mes paupières

Une balle perdue a trouvé son chemin

Hélène SCIBERRAS
Libertad 29 *Mars 2009*

Pour une carte des vœux 2009

DANS LA FRANCE PROFONDE, DANS LA FRANCE MULTIPLE

De St Denis de la Réunion à la Belle Province
De Dublin à Washington et Canberra
Ingrid, on t'attend
L'Europe est notre mosaïque
Les points cardinaux, nos frontières
Et nos voix emmêlées proclament
"COLOMBIA LIBERTAD"
Sur la place de ton village
Pablo Emilio, une fête t'attend.
Sur les ailes de la reconquête,
Tambourins, flûtes et guitares
Eclatent en lassos lumineux
Lancés par Gustavo ton père.
De Bogota à Caracas,
Pablo Emilio on t'attend

Enfouis dans la jungle
Pour vous le temps s'est éclipsé
Finis les matins clairs et les soleils couchants,
Plus d'horloges et plus d'agendas
Le facteur ne fait plus sa tournée,
Plus de fêtes carillonnées
Où est le sablier du temps ?
Six ans, dix ans
Nuits et jours confondus dans les verts labyrinthes
Ainsi est survenue l'Éternité précoce
Cent ans de solitude
Et la terre promise, dans les lointains, évanouie

Dans la cohorte des ombres
"Suis-je encore vivant ?"
Dans cités et villages aux trois mille absents
Des mères éperdues de douleur
Vivent le deuil sans partage, jour après jour,
Recommencé

Mais voici que venu de loin,
Souffle fragile sur une longue houle
Un vent nouveau se lève
Le TEMPS revient
Le cadran solaire se découvre,
à pas légers, l'Eternité s'éclipse
Dans la forêt ensanglantée
Une clairière s'ouvre au soleil
Et aux nuages blancs
Des dossards frappés d'une Croix rouge
Déambulent

Arme à l'épaule, des hommes en treillis
Montent la garde
Ingrid est là ; assise sur un tronc d'arbre
Pablo Emilio est là ; Debout.
Au loin, des voix s'interpellent
Le temps s'écoule, au fil de l'eau
Pablo semble sortir d'un rêve
Soudain, il fredonne

"La voilà la blanche hermine"

**Ingrid lève les yeux.
Dans la pénombre, embusqués
le souffle suspendu**

Les 3000 sont là !

Hélène Sciberras, "Libertad 29"

Poème composé en mars 2008.

PROFESSION DE FOI POUR LES VERTS

PARIS, le 1er Mars 1986

Chers amis,

Les « **Verts-Paris-Ecologie** » m'ont sollicitée pour être sur leur liste aux *élections régionales du 16 Mars*

J'ai accepté. Pourquoi ?

Certainement à cause de tout ce que j'ai découvert depuis 2 ans à travers mon engagement dans l'association *« Un Poumon pour St Blaise »*.

On pourrait le résumer ainsi :

- L'homme ne peut développer toutes ses dimensions proprement humaines (maturité personnelle, relations avec autrui, responsabilité dans la cité) que s'il vit dans un environnement équilibré, voire harmonieux ;

- Le suffrage universel n'est qu'une parodie de démocratie, une confiscation de pouvoir, si, pendant la durée d'un mandat, les élus se soucient comme d'une guigne de leurs électeurs.
- L'importance de la perspective du moyen et du long terme. Par-delà les intérêts immédiats où l'argent, l'influence, les soucis de carrière et de notoriété sont souvent prépondérants, l'homme participe à une histoire : certains choix présents détermineront son avenir, celui de ses enfants et des générations futures
- Exemple : sur la ZAC St Blaise (20ème) prévue pour 60000 habitants/km2, 3 fois la densité de Paris, on se bat pour un terrain, le dernier, pour respirer, pour vivre. Réponse de la Mairie de Paris et du 20è : trop cher. Mais trop cher par rapport à quoi ? Par rapport à qui ? Bien sûr, les décideurs habitent ailleurs.

L'enjeu des Régionales est distinct de celui des Législatives (liste menée parallèlement à la nôtre par René DUMONT pour les **« Verts-Paris-Ecologie »)**

Avec l'autonomie donnée à la Région – consacrée par un budget important – celle-ci va devenir l'espace à taille humaine où se décideront les grandes options de notre vie quotidienne.

Faire entendre la voix des écologistes dans ces domaines et m'y associer m'est apparu comme un prolongement et un élargissement de mon action au « Poumon pour St Blaise »

Cette parole est différente parce que :
1/ elle se préoccupe de traiter la nature et les ressources de la terre avec respect et intelligence
2/ elle privilégie dans la vie de l'homme la notion – exigeante souvent – de la qualité : le « mieux » et pas toujours « le plus »

3/ elle « re-responsabilise « le citoyen en libérant et en diffusant l'information, et en restant à l'écoute des besoins et des initiatives.

Dernière chose à vous dire : une campagne électorale coûte très cher et les écologistes ne sont pas riches. Pouvez-vous nous aider, même de façon modique ? Vous pouvez faire un don, ou un prêt (ou les deux) ; ce dernier vous sera remboursé si, comme le prévoient les sondages, nous atteignons les 5%.

MERCI.

Et faites-nous connaître.

Amicalement vôtre.

CAMPAGNE DES » LEGISLATIVES » 1993

Nous sommes des habitants du
Pays des Portes de Cornouailles
Des valeureux -des inventifs -des pleins d'humour
Une porte donne toujours envie d'être poussée
De découvrir du nouveau
Dimanche dernier c'est déjà le passé
Nos adversaires semblent devant nous, et alors ?
Nos forces sont intactes et nous aimons les défis
L'air du temps paraît nous braver ?
Nous allons montrer notre élan, ce souffle qui fouette nos énergies
Nous sommes au tapis ?
Dimanche prochain, nous serons tous debout
Pour ouvrir la porte,
Pour franchir le seuil
Pour retrousser nos manches
Tant nous motive le CHANTIER DE L'AVENIR
Tout est à refaire ? Pourquoi pas ? TANT MIEUX !
Nous avons dans la tête et le cœur la jeunesse et le dynamisme de la création
Et l'espérance chevillée au corps
Avec LOUIS LE PENSEC
Ouvrons la porte du pays de Cornouaille

Une résidente de la 8è circonscription du Finistère

PROJET D'ATELIER D'ÉCRITURE EN MAISON DE RETRAITE

1/- **Origine du projet**

Depuis Concarneau où j'habite, j'ai accompagné la vie de ma mère placée dans une maison de retraite (médicalisée) de Carhaix de 1997 à 2001. Je m'y rendais tous les 5 jours pour passer 2 heures avec elle.
Elle ne s'y est jamais adaptée, n'a jamais su où elle se trouvait, cet établissement n'étant marqué ni à l'intérieur ni à l'extérieur, par ses repères familiers. Elle ne s'y est liée avec personne, les autres résidants étant en grande partie des "cas lourds" ou le devenant rapidement. Elle conserva assez longtemps une certaine autonomie pour marcher et se nourrir. Son esprit et sa parole fonctionnaient, si l'on excepte des confusions passagères et l'impasse sur les 20 dernières années de sa vie. Seuls ses séjours à Concarneau , les visites de ses proches la sortaient de sa détresse. Elle n'avait qu'une idée fixe: rentrer chez elle. Elle est décédée le 15 Novembre 2001. Elle allait avoir 95 ans.

2/- **Motivations de ce projet**

Ce qui frappait en entrant dans la salle de séjour où se tenaient les pensionnaires, presque tous en fauteuil roulant, c'était le silence. Seule animation, les allées et venues du personnel. Donc, pas d'animateur, excepté une fois par semaine, une séance de kinésithérapie et le Vendredi, après midi, une célébration religieuse pour les croyants, prise en charge par des bénévoles.
J'emmenais ma mère dans sa chambre, je la rebranchais sur la vie, le passé, les photos, le présent, les nouvelles de la famille,

des vieux amis, de l'actualité en mouvement, et elle se mettait à revivre. Il y avait aussi les voeux de nouvel an à écrire et les anniversaires à souhaiter pour lesquels j'avais toujours prévu une carte postale. Jusqu'à la fin, j'ai entretenu chez elle la faculté d'écrire, de rompre son isolement en se reliant aux autres. Comme, m'avait-on dit, il n'y avait pas d'argent pour créer des animations, j'ai pris conscience que l'acte d'écriture, si éminemment humain, si essentiel pour sauver et entretenir le mental, si peu onéreux en terme d'infrastructure (un cahier, un stylo) pouvait être fondateur d'un atelier à la maison de retraite de Concarneau , lorsque ma mère ne serait plus là. On n'est pas forcément doué ou motivé pour dessiner, composer des bouquets ou jouer aux cartes, mais lire et écrire- la scolarité- ont été un savoir "basique" de nos anciens qui pourrait être réanimé pour explorer et consigner le passé, exprimer leur réalité présente et être relié aux autres (correspondance), peut-être même, qui sait?, extérioriser leurs désirs dans la fiction.

3/-- **Esprit et fonctionnement**

Le premier contact étant essentiel, marqué par l'écoute et la confiance à établir, le projet serait proposé comme une rencontre autour de l'écriture considérée en tant qu'activité utile et distrayante, basée sur les idées et les propositions des participants. Pas de plan préétabli par l'animateur, pas de méthode scolaire même si les souvenirs d'écolier peuvent être un terreau immédiatement favorable au dialogue et à la rédaction. Par opposition à la discipline scolaire, l'atelier d'écriture serait défini comme un espace de liberté et d'encouragement à la spontanéité. On ferait apparaître qu'en toute égalité, on ne serait pas là pour se juger, se comparer les uns aux autres, car chacun est unique, différent, avec son histoire propre.

L'atelier, surtout au début, où il s'agit de se connaître, de se dévoiler, devrait être restreint à 4-5 personnes autour de l'intervenant. L'instrument symbole serait le cahier, strictement personnel. recueil de l'échange, du travail en commun, il pourrait aussi, au retour dans la chambre, devenir journal intime.
On suggérerait aux participants que l'activité d'écriture est à la fois individuelle et collective et on encouragerait un esprit de solidarité dans le groupe qui pourrait aboutir à une certaine autonomie de celui-ci lorsque, par exemple, un animateur serait absent.
Le local aurait son importance: un petit espace clos ou semi fermé serait souhaitable.
Lecture et écriture étant indissociables, il faudrait fournir l'établissement en livres et revues appropriés c'est-à-dire imprimés en grands caractères pour pallier la déficience de vue du grand âge. Ils existent et une collaboration avec la bibliothèque de Concarneau devrait s'opérer. Des jeux, dérivés de l'écrit pourraient peut-être aussi être envisagés, tels le scrabble ou "le mot le plus long".
Renouer les fils de l'écriture après un longue interruption exigera patience et doigté pour l'intervenant ; il y aura des allers , des départs et des retours. Prendre en compte des rythmes et des niveaux différents, nécessitera un travail d'équipe entre animateurs motivés. Mais, par rapport à l'école, il n'y aura pas d'obligation de résultat, pas de pression. Cela étant, il s'agit d'un enjeu important: redonner vitalité à l'intelligence des personnes, restaurer leur image d'elles-mêmes, se découvrir un but, une utilité autour d'un projet, construit peu à peu avec elles, c'est prendre en compte leur dignité et les maintenir dans le mouvement de la vie.

PROJET D'ANIMATION DANS LA CHAPELLE St FIACRE AU CABELLOU

Un récital de la parole ; lecture à haute voix de textes choisis en raison de leur valeur culturelle, de leur qualité morale, de pur divertissement. Leur qualité littéraire – prose et poésie – ne devra exclure aucun public, adultes et jeunes adultes.

Importance de la voix : timbre, diction, rythme, émotion communicative, mais retenue.

Place du silence entre chaque texte, mais aussi interaction avec le public.

La chapelle convient parfaitement à ce genre de manifestation.

Le récital durerait environ une heure et demie, y compris l'accueil et, à la fin, l'échange avec les personnes.

L'entrée serait libre. Le Dimanche vers 17 heures pourrait être un bon créneau. Le rythme serait à définir (4 dans l'année ?) suivant le succès rencontré. Mise de fonds nulle, à part l'achat de quelques chaises.

Comme pour la plupart des nouveautés, le démarrage serait peut-être lent. Mais, avec un public de 10 personnes, on peut réussir une soirée. Ensuite, le bouche à oreille fonctionnera.

Je suis prête à initier une première expérience. Cette proposition s'adresse aux habitants du Cabellou qui veulent faire vivre St Fiacre mais aussi à tous les concarnois et même au-delà

Ces rendez vous pourraient s'appeler : « A CLAIRES VOIX »

QU'EN PENSEZ VOUS ?

14/8/2007

CAP-ACCUEIL

Bonne année !

Voilà trois mois que tu es né
Fruit d'un millésime sans pareil
Bon pied, bon œil et bonne oreille
Tu parcours les sentiers du Cap
Ses chemins maritimes
Ses méandres champêtres
Dans la pluie ou le vent
Ou l'imprévisible soleil
Tu salues au passage ses fermes, ses chapelles
Ses moulins, ses manoirs
Ses fontaines enfouies
Aux ondes intemporelles

Tu es né d'une attente, d'un désir
D'une humeur,
D'une rumeur
Tu es multiple et polyvalent
Parfois tu te prends la tête
A causer en anglais, en allemand
Et même en breton, archaïque plaisir
En somme, la tête et les jambes
Et le cœur.
Le chœur de tes sanctuaires
Que tu feras vibrer dans le futur été
De chants et d'harmonies.

Chaque Mardi, tu deviens rencontre informelle
Espace d'échange et de jeu
De création et de récréation

En ce jour des rois, c'est la fête

Tu nous invites pour une galette
Et, bientôt, à un débat causerie
Sur les noms de lieu en Bretagne
Ces noms du Cap, notre terroir
Clairs ou mystérieux
Symboles de notre géographie
Et de notre histoire
Mémoire enfouie
Histoire à réveiller, à dévoiler
Nous venons d'hier, nous sommes d'aujourd'hui,
Nous allons vers demain
Comme un ruisseau né d'une source va vers la mer.

Ris toi des écueils
Vogue vers le large

BON VENT, CAP-ACCUEIL

Février 1990

LE GRAND CHEMIN

Châteaux, chapelles, musées seront ouverts gracieusement au public. On a un peu tendance à réduire le patrimoine à des biens tangibles. L'héritage de nos pères va bien au-delà ; il englobe notre histoire et notre culture : langue, traditions, contes et jeux, musiques, habitat, nourriture, croyances. Des grandes œuvres aux modestes appellations, faut-il que la modernité en périme certains ? Ne peut-on les réveiller, redécouvrir leur usage originel, leur poésie parfois, leur utilité toujours en vigueur ?

Un exemple : à Concarneau, l'avenue de la gare s'appelait autrefois « Le Grand Chemin ». L'arrivée du chemin de fer dans les villes et les bourgs qu'avaient choisis les aménageurs de l'époque apporta la prospérité à leurs habitants, ainsi qu'une fierté légitime qui s'afficha en débaptisant, dans notre ville, le « Grand chemin » en « Avenue de la gare »

Il y eut des « Avenues de la Gare » partout, là où il y avait une gare. Il y en a toujours même là où il n' y a plus, aujourd'hui, de gare. On appelle « gare » un guichet où l'on peut acheter un billet alors que depuis belle lurette il n'y a plus de train, plus de locomotive qui siffle et qui donnait l'heure autrefois, bref, des gares orphelines. Celle de Concarneau n'est même pas visible et les visiteurs qui roulent sur l'avenue de la gare se demandent « Mais où est donc la gare » ? (1)

Cela n'a plus de sens. Alors, elle pourrait retrouver son appellation d'origine, « le Grand Chemin » qui, elle, pour cette pénétrante qui va droit au cœur de la cité, trouve toute sa signification. Habiter, par exemple, « 24 le Grand Chemin » à Concarneau quelle classe !

Il paraît que « c'est très compliqué » à réaliser. Nous sommes dans un pays de formalités, sur tout. Alors, il faudrait que les Concarnois le veuillent. Et que des élus qui ont obtenu le label « ville d'art et d'histoire » continuent de le mériter en retrouvant leur patrimoine. Nos anciens qui dorment au cimetière ne seraient pas mécontents d'être les riverains de leur « Grand Chemin »

Et puis, sincèrement, il y a des difficultés beaucoup plus importantes à surmonter dans la vie que de changer le nom d'une rue. Même s'il y faut un peu de temps.

Revisiter son passé, nostalgie diront certains. Ni urgence ni priorité pour d'autres. L'exemple du « Grand Chemin » est le symbole éclairant d'un état d'esprit : celui d'une ville en mouvement, qui progresse.

Quoi qu'on fasse, nous sommes des héritiers. Conscients ou inconscients. En charge d'inventaire : connaître, trier, transmettre. Le dynamisme d 'aujourd'hui trouve sa source dans l'inventivité et l'énergie de nos aïeux. Sachons honorer leur mémoire.

Concarneau le 10/9/07
Texte remis aux candidats aux élections municipales de 2009

(1) La gare de Concarneau a été définitivement fermée en 2016

UN CHAMP POUR L'AFRIQUE, UN CŒUR POUR L'AFRIQUE

Une idée et un projet d'Hélène Le Bihan-Sciberras
mis en œuvre par l'association
Solidarité Carhaix Tiers-Monde (France)

1984 - 2014
Présentation en l'honneur du
30e anniversaire

À l'attention de Son Excellence M. Kodjo Menan,
Ambassadeur de la République Togolaise auprès des Nations Unies

Concarneau, France, le 7 novembre 2014

Excellence,

Je prends la liberté de vous écrire pour vous informer d'une histoire, une histoire vraie, une belle histoire, qui pourrait vous intéresser.

Je m'appelle Hélène Le Bihan-Sciberras. J'habite en Bretagne, à Concarneau, port de pêche et ville de tourisme. Je suis issue d'une grande famille d'agriculteurs, et mon père, Jean Le Bihan, un homme admirable qui fut directeur du

Syndicat agricole de Carhaix dans le département du Finistère pendant 36 ans, acheta en 1963 un champ de 3 hectares et 9 ares à Plounévézel (1200 habitants), à quelques kilomètres de chez lui, afin de rester en contact avec la terre une fois à la retraite, car la terre était toute sa vie.

Lorsque mon père est décédé, j'ai reçu en héritage ce champ auquel il était très attaché. À l'époque, nous habitions à Paris. Que faire de cette belle parcelle de terre fertile ? Je ne voulais pas la vendre. Je décide que le plus bel hommage que je puisse rendre à mon père consisterait à consacrer son champ à aider l'Afrique, et j'imagine alors un projet répondant à mes convictions profondes.

Je rencontre l'association locale « Solidarité Carhaix Tiers-Monde », membre du réseau Afrique Verte, et soumets un projet à ses responsables : je vous confie mon champ, et vous le cultivez bénévolement en faveur de l'Afrique. Dans un élan de solidarité, ceux-ci ont répondu positivement et c'est ainsi que, depuis trente années, les fils succédant aux pères et faisant des émules, il ne s'est passé aucune saison que mon champ n'ait été travaillé, labouré, ensemencé, moissonné.

Je suis pleine d'admiration et de reconnaissance pour l'œuvre accomplie. Je suis récompensée au centuple. Aujourd'hui un saisissant raccourci dans l'espace et le temps - dû au hasard mais pas seulement - nous offre l'opportunité de vous joindre pour vous parler de notre petite ONG locale.

• Une parcelle de terre de France, en Bretagne
• Une intuition, une étincelle nées en 1984 devenues peu à peu une flambée

• Une vaillante association, « Solidarité Carhaix Tiers-Monde »

• Une poignée de jeunes agriculteurs déterminés, compétents et généreux

• Un partenariat fécond avec nos amis africains

Les Bretons, qui ont de l'humour, évoquent entre eux une « mini-mondialisation fructueuse ». À présent, les pionniers que nous sommes pensent que les temps sont mûrs pour que ce qui a été semé durant 30 années soit moissonné au grand jour et que nous sortions de la confidentialité. Mais nul n'est prophète en son pays. Les fracas du monde, la *peopolarisation*, le choix des paillettes, étouffent les témoignages qui pourraient redonner confiance, espoir, dynamisme et susciter d'autres solidarités. Même en Bretagne, malgré nos efforts, qui connait l'association Solidarité Carhaix Tiers-Monde et l'initiative « Un Champ pour l'Afrique, un Cœur pour l'Afrique » ?

Des parents qui ne peuvent nourrir, soigner et éduquer leurs enfants, c'est le grand malheur de la Terre et la source de tous les déséquilibres du Monde. On sait aujourd'hui que la faim dans le Monde n'est pas une fatalité ; chacun d'entre nous est interpelé dans sa conscience de citoyen.

« Yes WE CAN » (Président OBAMA)
Tout est dit

Veuillez croire, Excellence, à ma très haute considération.

PAROLES

St HUBERT-
STE GENEVIEVE DES BOIS
Allocution pour la messe-partage

Dans les textes de ce Dimanche il est beaucoup question du péché. Et du pardon…

Du péché de l'homme. Et du pardon de Dieu

Péché de David qui, pour épouser la femme qu'il convoite, tue son mari, non en l'affrontant lui-même, mais par la ruse, et grâce à son pouvoir.

Péché de la femme au parfum, la séductrice, celle qui ébranle ou brise des couples d'honnêtes gens.

Dans le monde occidental très sécularisé d'aujourd'hui, où Dieu est souvent congédié, ou silencieux – à moins que ce ne soit l'homme ? – la notion de péché a-t-elle encore un sens ?

Après tout, les crimes passionnels n'ont pas si mauvaise réputation ; le juge, les jurés, souvent l'opinion publique, prêts à se reconnaître et à s'absoudre dans le geste de l'inculpé, se montrent compréhensifs et indulgents. Surtout si celui-ci est un homme.

La femme au parfum a de nombreux amants. Elle doit être belle et jeune. Jeunesse et beauté sont des attributs que la femme, la femme-objet d'aujourd'hui, a intérêt à garder le plus longtemps possible. Mais pourquoi son instabilité, à celle qu'on nomme la pécheresse ? Où dérive son cœur ? Qui se soucie de son immaturité affective ? Ou, peut-être, de la misère sexuelle des hommes qui viennent la voir ?

David et Bethsabée –la prostituée – Dans ces deux cas, où est l'amour ? Un amour fondé sur la reconnaissance et la dignité du partenaire en tant que personne ?

Voilà qui élargit le champ de la recherche. Autrefois, on nous prescrivait surtout ce qu'il ne fallait pas faire pour ne pas commettre de péché ; la loi, dont parle Paul, était le garde-fou. Mais, aujourd'hui où l'on est plus informé, plus responsabilisé, s'il s'agissait de faire des choses, d'en inventer au fond de soi-même et en groupe, pour enrayer le Mal ?

Ne pas commette d'adultère ? D'accord. Mais, alors, quel regard, quelle écoute à l'intérieur du couple ? Entretenir sa femme ou la faire vivre ?

Ne pas voler son prochain ? Ça va de soi. D'ailleurs, on n'en a plus besoin pour vivre, encore que les multiples cambriolages soient des signes à déchiffrer, et que la resquille, cet élégant truandage, soit plutôt considéré comme un art. Mais, enfin, on ne vole plus ; est-ce pour autant que nous pratiquons la justice et le partage ?

Ne pas être indiscret, ne pas se mêler des affaires d'autrui, médisance et calomnie. Bien sûr, mais l'anonymat, la solitude, le froid des banlieues tristes ou de nos communautés divisées ? A quels rendez-vous, à quelle convivialité saurons-nous répondre ?

Les puissants seront renversés de leurs trônes. C'est bien pour ça que nous ne courons pas après. Aux autres les responsabilités de la cité, les tâches collectives. Mais dans notre petite famille, dans nos étroites frontières professionnelles, à nous le sceptre du pouvoir.

Tu ne tueras pas. Est-ce pour autant que nous sommes des donneurs de vie ? Nous sommes contre la violence et la guerre, mais où sont les territoires ou nous construisons la paix et le respect des droits de l'homme ?

Lutte contre le gaspillage. Mais pour économiser ou pour partager ? Quelle place réservons nous au gratuit, à l'utopie, le mystère et la contemplation qui transcendent la vie matérielle , témoignent de l' invisible , de valeurs autres et dont le parfum répandu sur les pieds de jésus est le signe.

Péché gommé, responsabilité évacuée ; oh, après tout, nous sommes en règle avec la loi. La loi, la foi.Mais précisément le péché c'était de ne rien faire, observer des interdits. Et la foi, la foi en quelqu'un, si c'était se mettre en route, dynamiser notre vie, soulever les montagnes ?

De toute façon, que nous le voulions ou non, le mal est au cœur de nous même et nous sommes ses complices. Parce que nous n'aimons pas toujours nos proches comme nous mêmes, les autres familles comme la nôtre, les autres catégories sociales, comme notre propre milieu, les étrangers comme nos compatriotes.

Mais, sans le péché, c'est à dire, sans la liberté, il n'y aurait pas non plus de pardon, il n'y aurait pas d'amour. Dieu, même, existerait-il ?

Ste Geneviève , le 6 Avril 1979

Aux prêtres de Ste Geneviève

Des chrétiens de Ste Geneviève, participant aux messes partage, ont été très surpris que, dans le dépliant 1979, très complet par ailleurs, de la paroisse de Ste Geneviève , aucune information n'ait été donnée concernant les Messes partage. Pourquoi ?

Crées depuis bientôt deux ans, rassemblant chaque mois entre cinquante à cent personnes, dont beaucoup d'enfants , représentant pour certains le seul lieu ecclésial où ils peuvent vivre leur foi, ayant suscité au niveau du secteur, un renouveau de la réflexion en espace très ouvert, les Messes partage continuent à prouver qu'elles répondent aux besoins de chrétiens de tous bords qui acceptent de se rencontrer et de s'accueillir en profondeur, de chercher sens à leur vie en interrogeant ensemble la Parole, et de la célébrer en vérité et en liberté : Jésus-Christ est mort et ressuscité.

Comme toutes les recherches, toutes les initiatives, elles ont dû –et doivent encore – s'éprouver à chaque fois au contact des demandes, des critiques et des richesses qu'elles apportent ; elles doivent élargir leur audience pour se renouveler, étoffer l'équipe de ses responsables, et, surtout, pour répondre à l'attente de ceux qui, parfois aux marges de l'Eglise, souhaitent briser leur solitude dans un partage libre et fraternel.

Les Messe partage sont neuves et ont besoin d'être annoncées pour vivre. Comment ont-elles pu être oubliées des prêtres qui y ont participé et qui semblaient avoir reconnu leur valeur spécifique ? Ces chrétiens comptent sur votre réponse.

Table des matières

Militante

En guise de supplément

LA BALEINE ENRHUMÉE

Auteur : ***Quentin LAPEYRE***
Mise en page : LÉNOU

Il était une fois un petit poisson qui se baladait au milieu de l'océan

Soudain, il entendit un bruit énorme
Il se demanda : « D'où vient ce bruit ? »
Il alla voir son amie la pieuvre qui s'appelait « madame je sais tout »

Madame, je sais tout, avez vous entendu ce bruit, au milieu de l'océan ? demanda le poisson d'un air curieux
Oui, car je sais tout, c'est une baleine qui éternue toujours

Mon petit arc en ciel, si tu veux la guérir, il faudra que tu lui donnes une des tes jolies écailles, répondit la pieuvre

Non, car j'y tiens beaucoup à mes écailles dit le poisson arc en ciel d'un air très fâché

Soudain, la pieuvre disparut dans un nuage d'encre toute bleue
Le poisson s'en alla et retourna au milieu de l'océan
Il essaya de trouver d'où venait ce bruit
Tout à coup, il vit une grosse boule ronde toute bleue. C'était la baleine

Il s'approcha et dit :
Baleine bleue, que fais tu là à éternuer au milieu de l'océan ?

La baleine répondit :
Je ne fais rien mais j'éternue car je suis enrhumée. J'aimerais bien guérir car je suis mal à éternuer dans mon coin
Je sais, il n'y a qu'un moyen de vous guérir, dit Arc en ciel. Nous allons appeler le Dr Requin
Non, car il est très féroce, je ne veux pas de requin dans maison
Alors, appelons le Dr Dauphin dit Arc en ciel
Oui, répondit la baleine, celui-là est beaucoup mieux. Appelons 01-90-73, dring, dring

Allo, dit le Dr Dauphin
Oui, c'est Arc en ciel qui vous parle
Que voulez vous ?
Avez vous entendu parler de Mme la baleine bleue ?
Oui, et je serais très heureux de la guérir
Alors, venez au milieu de l'océan, à côté du grand rocher plat.

J'arrive dans une minute
D'accord, merci.

Toc, toc, toc……
Oui, qui est-ce ?
C'est moi, le Dr Dauphin
Entrez, dit Arc en ciel
Bonjour, j'ai là un sirop contre le rhume qu'a la baleine
Trois heures plus tard, le médecin s'en va, en laissant la baleine enrhumée. Impossible de la guérir.

La pieuvre a peut-être raison, je devrais lui donner une de mes jolies écailles
Tiens, baleine bleue, je te donne une de mes écailles
Pose la sur mon dos, répondit la baleine, ça me fera très plaisir.
Ça y est, je vais mieux, tu m'as guérie, toi et ton écaille, merci, merci beaucoup.

La baleine est repartie chez ses parents, en remerciant beaucoup Arc en ciel.

Concarneau Février 1999